張皓棠——著

噪音：夏宇詩歌的媒介想像

主編 李瑞騰

|【總序】二〇二二，不忘初心

李瑞騰

　　一些寫詩的人集結成為一個團體，是為「詩社」。「一些」是多少？沒有一個地方有規範；寫詩的人簡稱「詩人」，沒有證照，當然更不是一種職業；集結是一個什麼樣的概念？通常是有人起心動念，時機成熟就發起了，找一些朋友來參加，他們之間或有情誼，也可能理念相近，可以互相切磋詩藝，有時聚會聊天，東家長西家短的，然後他們可能會想辦一份詩刊，作為公共平臺，發表詩或者關於詩的意見，也開放給非社員投稿；看不順眼，或聽不下去，就可能論爭，有單挑，有打群架，總之熱鬧滾滾。

　　作為一個團體，詩社可能會有組織章程、同仁公約等，但也可能什麼都沒有，很多事說說也就決定了。因此就有人說，這是剛性的，那是柔性的；依我看，詩人的團體，都是柔性的，當然程度是會有所差別的。

　　「臺灣詩學季刊雜誌社」看起來是「雜誌社」，但其實是「詩社」，一開始辦了一個詩刊《臺灣詩學季刊》（出了四十期），後來多發展出《吹鼓吹詩論壇》，原來的那個季刊就轉型成《臺灣詩學學刊》。我曾說，這一社兩刊的形態，在臺灣是沒有過的；這幾年，又致力於圖書出版，包括同仁詩集、選集、截句系列、詩論叢等，今年又增設「臺灣詩學散文詩叢」。迄今為止總計已出版超過

百本了。

根據白靈提供的資料，二〇二二年臺灣詩學季刊雜誌社有八本書出版（另有蘇紹連主編的吹鼓吹詩人叢書二本），包括**截句詩系、同仁詩叢、臺灣詩學論叢、散文詩叢等**，略述如下：

本社推行截句幾年，已往境外擴展，往更年輕的世代扎根，也更日常化、生活化了，今年只有一本漫漁的《剪風的聲音——漫漁截句選集》，我們很難視此為由盛轉衰，從詩社詩刊推動詩運的角度，這很正常，今年新設散文詩叢，顯示詩社推動散文詩的一點成果。

「散文詩」既非詩化散文，也不是散文化的詩，它將散文和詩融裁成體，一般來說，以事為主體，人物動作構成詩意流動，極難界定。這一兩年，臺灣詩學季刊除鼓勵散文詩創作以外，特重解讀、批評和系統理論的建立，如寧靜海和漫漁主編《波特萊爾，你做了什麼？——臺灣詩學散文詩選》、陳政彥《七情七縱——臺灣詩學散文詩解讀》、孟樊《用散文打拍子》三書，謹提供詩壇和學界參考。

「同仁詩叢」有李瑞騰《阿疼說》，選自臉書，作者說他原無意寫詩，但寫著寫著竟寫成了這冊「類詩集」，可以好好討論一下詩的邊界。詩人曾美玲，二〇一九年才出版她的第八本詩集《未來狂想曲》，很快又有了《春天，你爽約嗎》，包含「晨起聽巴哈」等八輯，其中作為書名的「春天，你爽約嗎」一輯，全寫疫情；「點燈」一輯則寫更多的災難。語含悲憫，有普世情懷。

「臺灣詩學論叢」有二本：張皓棠《噪音：夏宇詩歌的媒介想像》、涂書瑋《比較詩學：兩岸戰後新詩的話語形構與美學生產》，為本社所辦第七屆現代詩學研究獎的得獎之作，有理論基礎，有架構及論述能力。新一代的臺灣詩學論者，值得期待。

詩之為藝，語言是關鍵，從里巷歌謠之俚俗與迴環復沓，到講究聲律的「欲使宮羽相變，低昂互節，若前有浮聲，則後須切響」

（《宋書・謝靈運傳論》），是詩人的素養和能力；一旦集結成社，團隊的力量就必須出來，至於把力量放在哪裡？怎麼去運作？共識很重要，那正是集體的智慧。

　　臺灣詩學季刊社將不忘初心，不執著於一端，在應行可行之事務上，全力以赴。

目次

第一章　導論

「媒介決定我們的現狀，是受之影響，抑或要避之影響，都
值得剖析。」——弗里德里希・基德勒（Friedrich A. Kittler）

一、從現代詩中的媒介樣貌談起

在臺灣後現代詩中，陳黎的〈一首因愛睏在輸入時按錯鍵的情
詩〉可謂最常被提及與舉例的作品之一。那是九〇年代，臺灣後現
代詩人們樂此不疲縱火燒字的時期，他們以離經叛道之姿質疑詩的
本質與定義，尤重視文字的物質性（materiality），在嬉戲中將文字
拆解、拼貼、重組與轉化，運用複詞與諧音，玩出一首首帶有諧擬
（parody）氣味的詩作。而〈一首因愛睏在輸入時按錯鍵的情詩〉
就收錄於後現代黃金時期出版的《島嶼邊緣》中，此時陳黎已放下
了早期現代主義傾向的詩風，逐漸朝向後現代性的探索，敏感於詩
的字音字形，這首詩是這樣的：

親礙的，我發誓對你終貞
我想念我們一起肚過的那些夜碗
那些充瞞喜悅、歡勒、揉情秘意的
牲華之夜
我想念我們一起淫詠過的那些濕歌

那些生雞勃勃的意象
在每一個蔓腸如今夜的夜裡
帶給我雞渴又充食的感覺

侵愛的，我對你的愛永遠不便
任肉水三千，我只取一嫖飲
我不響要離開你
不響要你獸性搔擾
我們的愛是純啐的，是捷淨的
如綠色直物，行光合作用
在日光月光下不眠不羞地交合
我們的愛是神剩的[1]

　　作為後現代詩的經典，無數專業論者已對其中的諧音遊戲與反
諷手法提出許多優秀分析。[2]然而，這首詩不單純是一個詩人對後
現代精神的精采操演，而且亦是一首關於技術媒介涉入書寫思維的
例子，即在新科技擾亂傳統秩序時才得以出現的「媒介化詩語」。
從詩名便已提示，這是一首「輸入時按錯鍵」的情詩，指出了關於
當下科技的新體驗，這牽涉到的是電腦中文輸入法的運作邏輯，裡
頭的「錯字」不太可能是「寫」出來的，這在於傳統寫錯字往往是
字形上的筆誤，甚少是字音的全然誤會，例如親「愛」的愛不太可
能會有人寫成筆順完全不對的「礙」，「吟」詠的吟也不太會有人
寫成字形的差異過大「淫」；同時，此輸入法必然是彼時剛興起且

---

[1]　陳黎：《島嶼邊緣》（臺北：皇冠，1995年），頁121-122。
[2]　相關討論不勝枚舉，散見於各式脈絡中，僅列數條如後，陳俊榮：〈陳黎詩作的
　　語音遊戲〉，《臺灣詩學學刊》第18期（2011年12月），頁17-20；林巾力：〈「反
　　諷」詩學的探討──兼以陳黎的詩作為例〉，《文史臺灣學報》第11期（2017年12
　　月），頁196-197。解昆樺：〈情慾腹語──陳黎詩作中情慾書寫的謔史性〉，《當
　　代詩學》第2期（2006年9月），頁200-202；簡政珍：《臺灣現代詩美學》（臺北：
　　楊智文化），頁120-121。

以字音進行的注音輸入法，不會是已流行一段時間的倉頡輸入法，這在於倉頡輸入法所造就的錯字也往往是字形的類似。正如許多陳黎的其他作品一樣，這詩反映的是後工業社會的時代樣貌，不只以諧音遊戲達成對忠貞愛情的反諷，將運作邏輯拆解後更浮現了科技所帶來的思維轉變，記錄了另類媒介甫問世的樣貌與詩人的反應，讓讀者從中聞出媒介剛影響日常生活秩序時的震驚與樣貌。

　　這一種由新興媒介（media）崛起之時所帶來的衝擊在過往可找到許多類似的例子。陳黎受媒介牽引的書寫現象呼應了過往媒介研究先驅麥克魯漢（Marshall McLuhan）與德國媒介文化學者基德勒（Friedrich A. Kittler）對於「銘刻技術」（technologies of inscription）的深究。在麥克魯漢的經典作《認識媒介》中，其經典名言「媒介即訊息」凸顯了媒介不只是工具載體，而是整個環境與脈絡，其中對印刷術的觀察受到許多學者的重視，麥克魯漢便曾指出，由於古登堡印刷術的普及，活版印刷將字母制式化並取代的手寫謄本，眼睛便無須繼續吃力辨識整齊不一的手寫，人們閱讀時間加快，默讀於是成為了一個趨勢，長久下來的朗讀習慣被壓抑，視覺遂成為了主導感知的主要知覺，其他知覺遂逐漸變得無關緊要。[3] 而基德勒對媒介的挖掘更加基進，以技術先行的姿態觀察人的主體如何在媒介中產生，以基德勒最常舉例的尼采（Friedrich Nietzsche）來說，在19世紀時，書寫是男性的專利，安靜、無聲，一種視覺的靈魂活動，但快到了20世紀時打字機問世，當時已接近半盲的尼采第一次使用了打字機，此媒介的特性讓尼采能夠捨棄視覺也可打出腦中所思，但同時符號的生產方式由於與身體斷開了連結，轉為機械性的「鍵入」符號，瞬間破壞傳統書寫的靈性，尼采因此註記了「我們的書寫工具也參與了我們的思維過程」，指出打字機對思維的影響，尼采的書寫風格也從原本雋長的申論，明顯地轉為格言、雙關

---

[3]　麥克魯漢著、鄭明萱譯：《認識媒體：人的延伸》，頁208-217。

語與電報體。[4]

　　此種論調在問世當下雖受到不少「科技決定論」的批評，[5]但或許是科技的急速發展掀起了一波波經濟、政治與文化等革命，本書開頭的基德勒名言「媒介決定我們的現狀」便成為了一句值得討論的猜想，尤其在臺灣現代詩中更開展一種來自探索藝術的激情與好奇。

　　陳黎的反應並非是個案，在同一時期，後現代詩中不乏與另類媒介共舞的詩人。後現代的先鋒大將羅青於1988年出版的《錄影詩學》便飽含了電影媒介的特色，詩人琢磨於鏡頭語言，投身於鏡頭的思考模式，模仿機器之眼的移動軌跡與剪輯拼貼，自非主觀敘事中的重重斷裂中尋求詩的身影，[6]對於影像的入侵羅青的反應呼應班雅明（Walter Benjamin）在其著名文章〈機械複製時代的藝術作品〉中描述的現代性震驚效應（shock effect），[7]充滿好奇地探詢媒介，並轉化為詩的解放與可能；同時，也有許多詩人關心日常小物的衍生語言，如江文瑜的〈我的皮夾只放你一個人的名片〉，受各種小卡上如提款卡、健保卡、身分證等文字啟發，嗅出了父權社會在身分敘述上對女性的箝制並以此仿擬創作；[8]而向陽的〈在公告欄下腳〉則從公告文字的出發，以冷冰冰的資方制式公告對比臺語的勞工心聲，控訴勞資不對等下的辛酸。[9]以上詩作顯現了媒介對於詩的轉變，有趣的是此種現象在後現代之後開始層出不窮，在此

4　基德勒：《留聲機、電影、打字機》，頁233。
5　已有許多學者為其解釋，基德勒的論調更接近「技術先行」而非「技術決定」，如江淑玲之言：「『先行』只是強調有相關的媒介存在，才會有社會或個人對傳播的渴求」，見江淑琳：〈Kittler與書寫──打字機與電子閱讀器改變了什麼〉，《政治與社會哲學評論》第68期（2019年3月），頁77。
6　羅青：《錄影詩學》（臺北：書林出版，1988年），頁274。
7　Walter Benjamin, "The Work of Art in the Age of Mechanical Reproduction", in Hannah Arendt, ed. *Illuminations* (New York: Schocken Books, 1969), pp.237-38.
8　江文瑜：《男人的乳頭》（臺北：元尊文化，1998年），頁81。
9　向陽：〈在公告欄下腳〉，收錄於鄭良偉編《臺語詩六家選》（臺北：前衛出版，1990年），頁164-166。

我們可進一步思考，為什麼是後現代？

在過去的臺灣現代詩中當然也不乏對各種事物或媒介的好奇，許許多多的詠物詩即可作證。然而到了後現代時期，可以發現對於媒介的體會已不再是單純的紀錄或感悟，而是實實在在地引起了書寫上根本的質變。追究原因，語言詩（language poetry）的運用具有重大影響，一方面打破了意義的建構與再現的框架，一方面這種對字的解構姿態也解放了詩的疆界，在這種對於「詩的本質」的質疑下，所謂取材已不再是所指的工作，各式各樣的媒介在後現代文本政治的幫助下進入詩學的土壤，不單是對後工業社會的科技樣貌有所感，也促使了詩人比過往更敏感於不同媒介所誕生的文字，並進一步在「字」中生猛地反應媒介的鑿痕。

而這其中的佼佼者，必屬夏宇。

我們可以輕易舉出幾首夏宇挪用各種媒介的詩作，如仿造小學練習題的〈連連看〉或將動物圖像取代字的〈失蹤的象〉，這些驚人的詩作多次為臺灣詩學掀起了語言革命的熱潮。夏宇早有認知媒介的影響，除了將媒介所影響的語言文字內化成自己獨特的語言風格，更多時直接挪用為創作概念，而這種對於媒介或技術所生成的語言形式早在1991年《腹語術》的後記中時就能看出端倪：

> 一度，我對於文字所能造成的各類體制頗為著迷，社論、外電、不通的理論翻譯、瓦斯公司月報上的抒情散文、三〇年代老歌歌詞、反對分子的術語和各類作家的各式文體等等。[10]

無論是社論、外電、翻譯、月報、歌詞或一般文學作品都必須建基在物質基礎之上，而這些物質基礎也都具有濃厚的媒介性，如

---

[10] 夏宇：《腹語術》（臺北：夏宇出版，2017年），頁123。

社論與外電受報章的格式影響、海外理論受制於翻譯技術、填詞寫作也必須符合樂曲的旋律。夏宇著迷於此，也在其作品中展現不尋常的姿態，將之內化成自己的書寫風格。

夏宇也與陳黎一樣經歷了從手寫到電腦打字的科技轉變。在《Salsa》中，夏宇提及了自己於世紀末時購買第一臺電腦，並「一鍵一鍵五音不全地修改」。不同於西方打字機早在20世紀初時就問世，以中文寫作的作家長期以來仍是以手寫為主，直到九〇年代電腦普及後，臺灣作家們才剛開始經歷語言傳遞過程的分割。夏宇也在近期的著作《羅曼史作為頓悟》中描述到使用電腦打字後，詩句的樣貌：

> 在老舊的公寓打字
> 每一行詩都像是從冰箱
> 拿出來的清潔的冰的
> 像一塵不染的精神病院開放參觀
> 病人電擊過都在微笑
> 連垃圾桶都沒有
> 刪掉的句子都去了地獄沒有痕跡[11]

不同於每個字都會有差異的提筆書寫，電腦打字早已預設好了字體，工工整整、清潔、一塵不染，這樣的秩序表現上猶如精神病院般的病人，「電擊過都在微笑」。這是夏宇對字的物質性之看重使然，並重視了我們過往所忽略的媒介影響，那些不是手寫的文字在「形」上失去了靈魂，正如基德勒所言，傳統書寫是靈魂的活動，手寫字代表人類的手，同時也是個別性、精神性與自我證明的方式。[12]電腦的出現遮蔽了書寫與筆跡的本質，以現代化工業結晶

---

11 夏宇：《羅曼史作為頓悟》（臺北：夏宇出版，2019年），頁64。
12 江淑琳：〈Kittler與書寫——打字機與電子閱讀器改變了什麼〉，《政治與社會哲學

的姿態擾動了詩人的思維。

　　尼采初次使用打字機後發出的體悟：「我們的書寫工具參與我們的思維過程」，也在此詩中看出應驗。從過往作品中可以發現，夏宇總是喜歡留下自然發生的「痕跡」，無論是為了自己還是為了讀者，如在《摩擦無以名狀》中夏宇用手工藝的方式剪貼了《腹語術》的文字，並在剪貼好的作品中留下不完美的「拼貼痕跡」；而以羊皮紙製成的《Salsa》，也能根據讀者的閱讀方式撕成獨特的樣貌，為每本書在這大量複製的時代留下「靈光（aura）」。然而，電腦打字卻遮蔽了「痕跡」的發生，對於現代人而言方便的文章修改系統，在夏宇的呈現中卻是「刪掉的句子都去了地獄沒有痕跡」，指出過往寫作方式難以復現的哀悼。[13]

　　夏宇最「離經叛道」的媒介表現，當屬在2007年到2016年間出版的其中三本詩集：《粉紅色噪音》、《這隻斑馬》與《那隻斑馬》、《第一人稱》。從第五本詩集《粉紅色噪音》開始，夏宇正式將整體創作慾望從語言的內部性邏輯外溢至外部媒介，並且充分展現對媒介的著迷之作。[14]這本書在任何層面上都是驚人的作品，全書以透明賽璐珞片製成，不只迫使讀者放棄傳統的閱讀行為，那透過翻譯軟體轉引出的詩句更是結構破碎、難以詮釋。

　　第六本詩集是2010年兩本一套的《這隻斑馬》與《那隻斑

評論》第68期，頁67。

[13] 關於此點，近年來海外的夏宇研究較關照此一層面。如施開揚（Brian Skerratt）的〈機械詩人：進入了數位時代後夏宇的類比詩〉（The Poet in the Machine: Hsia Yü's Analog Poetry Enters the Digital Age），此文透過了數位媒介對詩人在寫作方式影響上的提問，回顧了夏宇在電腦普及前後的創作，並觸及夏宇的紙本形式認為她的詩集是種「三維設計」，以進一步點出夏宇一種類比機械技術的創作哲學。施開揚對於「媒介如何影響創作」的關注，使筆者注意到媒介在夏宇作品中的重要性，這也成為了本文探討此議題時的動機之一，見Brian Skerratt, "The Poet in the Machine: Hsia Yü's Analog Poetry Enters the Digital Age" in David Wang, ed. *A New Literary History of Modern China* (Cambridge: Harvard University Press, 2017), pp. 873-879.

[14] 廣義來說，《摩擦・無以名狀》的操作方式也值得以媒介的角度切入，但我認為其對媒介的關懷仍不如《粉紅色噪音》的完整，故將《粉紅色噪音》視為第一本投身媒介的「書寫」。

馬》，兩本書都收錄了過往一百六十六首以李格弟為筆名所作的歌詞，文字內容展現了流行歌寫作技術的鑿痕，同時書本形式上表現出兩種截然不同的風格：《這隻斑馬》封面為黑白色階，版面以白底或灰底為主，字體加粗且大小不一，文字方向大都為水平，但也有部分詩作以斜排方向呈現；而《那隻斑馬》則漆上了繽紛的外衣，字體呈現方式與《這隻斑馬》類似，唯顏色部分改以多種色彩呈現，大部分文字下層也有色票般的醒目色彩做襯底，而其最特別之處，則是此書內頁驚人地橫切一刀，將眾多詩作「一分為四」，讀者因此可以依照自己喜好隨意組合文本，意義也無限延展。

在出版了《詩六十首》與自選集《88首自選》後，夏宇在2016年時再度帶來一本不尋常之作《第一人稱》。書的設計模擬了老式的電影院，翻開書頁後裡頭是一張張直觀上看不出重點或者是因搖晃而模糊的壞照片，大部分的照片都搭配了一行詩句，以七行為一首共四十三首，排版就如靜態的國外老電影一般，中文文字現於照片下方，再下方則是由柏艾格（Steve Bradbury）翻譯的英文，文字與影像若即若離，影像之間大部分沒有連貫性，僅依靠著文字意象來連接，其中處處可見電影中不連戲剪輯的影子，而詩意也往往是在這些裂縫處中蔓延。

此外，夏宇詩學中最精采的媒介演繹，當是詩人對於「噪音」獨特的洞見並加以應用。作為一個媒介，噪音自20世紀後被用以象徵現代化的物質文明並出沒於未來主義與現代詩派的作品或詩論中，同時也以技術媒介之姿廣泛應用於聲音藝術與資訊傳播學內。而在夏宇的創作中，噪音亦是貫穿多本詩集的創作的概念，在早期著作中即能看見相關身影，如在《摩擦‧無以名狀》時夏宇便試圖透過剪貼、色塊等獨特的創作模式，拼貼出充滿斷裂與雜訊的詩句，干擾了讀者對於詩句意義的理解，同時詩集上明顯可見的手工痕跡亦暴露了創作過程，宛若文本結構中的噪音，此不同尋常的詩

學概念已有論者視為對抒情傳統的叛變，[15]以噪音之姿試圖在現代詩正典秩序中激起漣漪。

從這些擇要的創作簡述中可注意到，夏宇詩蘊含著不停變化的能量，且「書寫」並非侷限於文字，而是與其他物質展演眾多可能，並淋漓盡致地將媒介的形貌展現於內容與形式中。

在此，詮釋上所需要的不單是載體物質性上的跨媒介視角，更需要自媒介研究的觀點探詢此不斷衍異的詩學想像。可以注意到，夏宇的展演正是擺盪於各色媒介如噪音、機器翻譯、流行歌、電影與攝影之間，其所曝現的創作動能展示了絢麗燦爛的另類媒介想像，也點出了過往少有被關懷的領域，一種另類媒介與詩藝之間的關係，這即是本書的重點關懷所在。

二、何謂媒介：當代媒介研究的回顧

文學與媒介之間的關係並非嶄新議題，近幾年來在傳播研究的蓬勃發展下，許多論者已指出了大眾傳媒興起後文學體例上的轉變。[16]而本書在此所要開拓的是另類的「外緣」，即大眾傳媒之外的另類媒介對於書寫的啟發與變革。

媒介（media）一詞具有多重含意，國內大都譯為「媒體」或「媒介」，以常理而言，媒體主要指大眾傳播媒體如新聞、報

---

[15] 黃文鉅：〈以破壞與趨俗：從「以暴制暴」到「仿擬記憶／翻譯的態」——以《●摩擦●無以名狀》、《粉紅色噪音》為例〉，《臺灣詩學學刊》第15期（2010年7月），頁200。

[16] 如陳平原在《中國小說敘事模式的轉變》中便曾指出，晚清後新興報刊的興起後，引起了小說寫作上的重大變革，從全書寫作轉為連載，為了符合小說每期連載的需求，結構上從全體布局的考量轉為每回自成有趣味的段落，見《中國小說敘事模式的轉變》（臺北：久大文化，1990年），頁286；而在臺灣文學中，張誦聖也曾指出，七零年代後，兩大副刊逐漸取代了過往的菁英同仁雜誌誕生了「中產小說文類」，這批讀者要求副刊作品在「進步」之餘同樣要保有傳統倫理並適時展現懷舊情懷，使得小說操作模式導向市場因素，並強化了作者與讀者之間的關係，見張誦聖：〈臺灣七、八零年代以副刊為核心的文學生態與中產階級文類〉，收錄於胡金倫主編，《臺灣小說史論》（臺北：麥田出版，2007年），頁298-302。

章、雜誌等，媒介則指稱以傳遞訊息為功用的物質基礎如文字、聲音、顏色等。而據威廉斯（Raymond Williams）在《關鍵詞》（Keywords）的考察，media在西方具有三重含意，第一重為中介的意思，主要指涉部落儀式中負責傳達神的訊息的人如祭司、薩滿；第二重興起於19世紀的通信與工業文明，已延伸為技術之義，如電話、無線電等；第三重則是20世紀後資本主義造就的大眾傳播媒體。[17]也因此，media無論是以媒介或媒體稱之，幾乎都只涵蓋了上述三分之一的意涵，本文採取的作法參考國內學者蘇碩斌翻譯日本媒介學者吉見俊哉《媒介文化論》的方式，[18]清楚指涉機構時才寫為「媒體」，大部分情況則是「媒介」。

而從前述媒介意涵的轉變可以得知，「媒介觀」是一個複雜的議題，每個時代對於媒介的概念都有不同的認知。關於這個問題，首先我們須先理解古代並沒有「媒介」這個概念，唯一接近的只有「中介（medium）」，吉見俊哉曾解釋如下：

> mediare這個字具有『對半分開、位在中間、中介調節』的意義。這裡的『中介調節』，當然不僅指對物質、心靈間的中介，更是對於神祇與凡人、精神與世界、主體與客體這些層次的中介。[19]

由此可知，當時所接近媒介意涵的「中介」觀主要從物質與心靈出發。在物質層面上，可理解為透過語言、空氣等媒材做為傳遞作用，心靈層面則是人與宗教神靈之間的中介關係。

而媒介觀念的轉變始於科技的進步。古登堡印刷術所引起的媒

---

[17] Raymond Williams, *Keywords: A vocabulary of culture and society.* (New York: Oxford University Press, 1985), pp.203-204.

[18] 蘇碩斌：〈臺灣譯者說明〉，出自吉見俊哉著：《媒介文化論》（臺北：群學出版，2009年），頁XI。

[19] 吉見俊哉：《媒介文化論》，頁5。

介革命是一個決定性的事件，此印刷技術的進步成為報章雜誌能於19世紀左右時普及的前提。在報紙成為日常後，人們逐漸開始將報紙視為媒介，並在19世紀末將「媒介」一詞引入日常用語以及學術語言中。[20]不久之後的20世紀初，以報紙、廣播與電影等專業化技術設備為主的大眾傳播成為了專門的學科，人們對媒介的理解便順勢的等同於以上的傳播媒體。

於是，20世紀中葉前對媒介的討論便出沒於大眾傳播理論中，此時對媒介的理解是「將發送者（sender）的訊息（message）傳送給接收者的工具」[21]，在這層意義下，媒介僅是一種無能動性的載體，所強調的是媒介的「透明性」，大眾傳播研究的重點便主要擺在接收者與訊息之間的交互作用，媒介不會是研究的對象。媒介原本蘊含的「中介」之意涵便因此默默消退。

直到20世紀中葉後，許多研究者為此提出了猛烈的批判，尤其是麥克魯漢的經典名言：「媒介即訊息」更是受到大量的關注，人們才開始回頭關注媒介原本具有的「中介」之義。在此之前，媒介研究所關注的最多是技術層次，重視的是媒介所能達成的效果，但麥克魯漢則是「將媒介視為具有形塑訊息內容與意義的形式」[22]，視媒介為人的延伸，「無所不在地影響到人、政治、經濟、美學、心理、道德、倫理以及社會後果」[23]。他以電燈做為比喻，在過去的認知中，電燈可說是一個完全沒有「內容」的媒介，但麥克魯漢認為：

> 電燈之所以未被認出是一種傳訊媒介，正因它沒有「內

[20] 于成：《存在論視域下的媒介觀念史：從前現代的「媒介」觀到媒介之終結》（臺北：世新大學傳播博士論文，2018年6月），頁42。
[21] 吉見俊哉：《媒介文化論》，頁5。
[22] 黃順興：〈媒介史的末世預言：基德勒與麥克魯漢論媒介技術〉，《傳播研究與實踐》第7卷第2期（2017年7月），頁71
[23] 麥克魯漢著、鄭明萱譯：《認識媒體：人的延伸》（臺北：貓頭鷹出版，2015年），頁37。

容」。卻也因此提供了一個寶貴實例，顯示我們何以對媒介澈底欠缺研究。因為一直要到電燈光用來標示某些商品品牌之後，大家才注意到它也是媒介，可是受到注意的卻又不是燈光本身，而是它的「內容」（其實正是另外又一媒介）。電燈光的訊息，正如工業用電力的訊息，如此澈底、無所不在、全然去中心。因為電燈光、電力都與其用途分離，同時卻又排除了人事關聯裡的時空因素，與無線電、電報、電話、電視如出一轍，創造了深層的涉入。[24]

　　麥可魯漢之言，即認為電燈媒介消滅了人際關聯之間的時間與空間因素，實際上也是控制了「可見」與「不可見」，決定了人們可以看見的空間配置，並消除暗區造成的隔閡，也創造了許多需要電燈的活動，例如腦部開刀與夜間棒球。若沒有電燈，這些事物將都不存在，因此這些活動從某種意義而言都是電燈的「內容」，電燈實為塑造了人類行動的模式。

　　自麥克魯漢提出批判後，媒介於是成為主體化的研究對象，並被視為一種具有能動性的中介。麥克魯漢以形式主義的方式研究媒介並提出許多大膽的立論，並在《認識媒介》一書中考察了過去不會被重視的媒介，衣著、房舍、錢、鐘錶、漫畫、交通工具、廣告等等都成為媒介研究的對象。只是，麥克魯漢的立論雖然充滿了開創性，引起的批評也不少，除了一些概念上的瑕疵如「冷媒介」與「熱媒介」的分類會讓人不知所云外，「科技決定論」則是最常見的批判，不過其開創性仍促使了人們開始以不同的角度探索媒介，並啟發了眾多學者。

　　換言之，現在對媒介的認知已不能再是單純傳達訊息給接收者的工具，而必須強調其「中介調解」的功能，並具有能動性且影響

---

[24] 麥克魯漢著、鄭明萱譯：《認識媒體：人的延伸》，頁38。為符合本書脈絡，因此用字有微幅更動，將「媒體」皆更為「媒介」。

人的思維，可視之為「相互主體性關係中意義形成的場域」[25]。在此脈絡下，本書也將「機器翻譯」、「噪音」、「流行歌」、「攝影」與「電影」視為媒介，因其不只宏觀地改變了社會環境，同時微觀影響了詩人的「書寫」思維，成為了詩人的文學泥土之一。

而在麥克魯漢之後，來自德國的基德勒則進一步發展媒介－認識論，並成為開啟了媒介考古學（media archaeology）的濫觴。在臺灣學界中，已有多位傳播研究的學者整理了基德勒的媒介理論與思想淵源，或從文化技術（Kulturtechniken）出發，自德國技術哲學脈絡探索基德勒的科技－認識論主張；[26]或從存在論視域，以海德格哲學闡述基德勒「媒介即存有」的核心思想；[27]或與麥克魯漢的媒介理論比較，討論兩者的承繼關係與分歧處。[28]

為了梳理基德勒對媒介的洞見，將從其兩本代表作《論述網路1800／1900》與《留聲機、電影、打字機》的介紹開始。《論述網路》一書出版於1985年，其書名的英譯名為*Discourse Network*，當中的話語（discourse）一詞即彰顯了與傅柯（Michel Foucault）的關係。不過原本傅柯在《知識考古學》中構成話語活動的歷史先驗分析，在基德勒的論述下卻轉為探索話語背後的媒介因素，而所謂的「論述網路」，基德勒在後語給出的定義是「一種由技術與體制構成的網路，讓特定文化得以挑選、存儲和處理相關數據」，[29]而這網路除了包含傅柯念茲在茲的檔案外，更有書籍印刷等技術，以及文學生產體制甚至是高等教育制度交錯其中。

---

[25] 吉見俊哉：《媒介文化論》，頁6
[26] 唐士哲：〈作為文化技術的媒介：基德勒的媒介理論初探〉，《傳播研究與實踐》第7卷第2期（2017年7月），頁5-32。
[27] 于成：〈看指不看月：《留聲機、電影、打字機》方法論線索〉，《傳播研究與實踐》第9卷第2期（2019年7月），頁229-242。
[28] 黃順興：〈媒介史的末世預言：基德勒與麥克魯漢論媒介技術〉，《傳播研究與實踐》第7卷第2期，頁63-92。
[29] Friedrich Kittler, *Discourse Networks 1800/1900*. (Stanford: Stanford University Press, 1990), p. 369.

在《論述網路》中，基德勒主要考察19與20世紀的知識存儲技術，並以此分析文學、哲學與社會環境的變遷，並關注媒介是如何生產、牽動與改變人的主體性。基德勒指出，在19世紀前，知識的儲存與社會階級呈正相關，存於貴族或博學權威，而知識的傳遞是藉由親自向博學的人請教；直到19世紀後字母表的發明，閱讀與書寫系統進行了大幅度改革，紙本遂成為唯一且普遍化的能存儲知識的媒介，而知識的傳遞則從請教變為藉由書本獲得，並需要具備語言的詮釋能力；到20世紀後，攝影、留聲機與膠捲的發明再度引起變革，書本不再是唯一能存儲的媒介，此時知識已經可以記錄更完整的樣貌、聲音與動作，認識論也隨之改變。於是，基德勒在此書指出：「科技的掌控決定了什麼能成為論述」[30]，主張其「技術先行」的概念，認為我們必須認清那些在過去被除距（deseverance）的媒介對知識的影響，同時這些媒介也是「人」被創造出來的基礎。

之後1999年出版的《留聲機、電影、打字機》，可以視為《論述網路》的素材延續，但其媒介論卻更加基進。基德勒認為，傅柯終究是手寫時代的哲學家，分析僅僅是針對「檔案」本身，忽略了同時在影響論述的媒介，也看不見光學、聲學等媒介科技所帶來認識論轉變。基德勒在此書中將觸角深入眾多與書名相同的三個媒介相關的文本，並改用拉岡的精神分析，將留聲機、電影、打字機以其儲存機制的分流（聲音、影像、文字），分別對應為拉岡筆下的真實界、想像界與象徵界。不只微觀呈現人們思考如何受到媒介而改變，也宏觀延伸至社會環境脈絡中，探討媒介如何主導社會發展甚至是戰爭的走向。

除了在前述第一節指出的尼采與打字機的關聯外，基德勒更進一步考察了德國社會的性別分工在書寫技術改革後有何變化，在

---

[30] Friedrich Kittler, *Discourse Networks 1800/1900*, p. 232.

19世紀前，書寫是男性的專利，女性雖以口語之姿負責在家中教導兒童語言，但並未因此獲得發言的認可，且只能學習閱讀而不能寫作，是一種無聲的他者。直到打字機的發明，由於書寫的物質基礎發生重大轉變，當時的男性明顯出現適應不良的情形，究其原因在於對手寫絕對地位的尊崇，而原本就處在內在性書寫邊緣的女性，則開始大量練習打字技術，據統計當時有九成的打字員都是女性，並取代了過往都是男性的速記員職場，女性於是以秘書的身分開始有了收入；同時大學校園也需要女性負責幫忙將手寫轉成打字機的格式，開始大量地招收女學生，使得越來越多女性得以接受高等教育，並在日後成為參與論述得一份子，也為日後的哲學帶來化學反應。以上幾點都破壞了男性對女性的傳統想像，迫使男性接受女性「真實」的一面，並成為日後女權崛起的隱線，於是基德勒為打字機做出註腳：「女性自身可以完全掌控文本處理的全過程……無性別化實現了」[31]。

從以上兩本代表作的介紹可知，基德勒雖承繼了麥可魯漢的思想脈絡，但顯然比麥克魯漢更加基進。《認識媒介》一書的人類中心論的色彩濃厚，原因在於麥可魯漢還是從能明確影響人類感官體驗的媒介作出考察，人的主體非常重要。相較之下，基德勒則是後人類主義的，其重點是再現的物質條件，即「技術先行」（或稱技術先驗），不特別關心「人」，並主張是媒介才讓意義成為可能。這樣的思維或與基德勒受海德格哲學思想影響有關，在〈技術的追問〉中，海德格翻轉了人與技術的位置，認為所謂的技術的本質其實是一種「解蔽」，以讓存有顯現達到先於人存在的「無蔽」。這樣的思想讓基德勒著重的不再是如麥克魯漢一樣從人的角度出發，而是轉向於認知控制之外，除去了人的角色。

自從基德勒著作在德國發跡後，其建基於物質性的媒介分析

---

[31]　基德勒：《留聲機、電影、打字機》，頁229。

在西方世界興起風潮，如齊林斯基在二〇〇二年出版的《媒介考古學》，這是第一部以「媒介考古學」命名的著作，[32]之後越來越多研討會與期刊以媒介考古學做為討論子題，並廣及各個研究領域。不過已有許多學者不斷指出，視基德勒為媒介考古學的開山祖師並不太正確，因為基德勒認為自己的研究與媒介考古學有所分歧，[33]同時媒介考古學底下的支線龐雜，如以齊林斯基為首的「媒介變體分析」即抽開了基德勒思想中最重要的權力關係。

　　而媒介考古學可以興起，其中一個很大的原因在於歐美哲學界的「物質轉向」，這是一種對物質開展的重新思考，不將物質視為被動的、任憑人賦予意義的，而是具有主動性，持續影響著我們的思維，並「相信我們所居住世界的物質與我們對物質的認識之間是一種不斷交互指涉與形塑的過程」[34]。其中多個脈絡開展出不少思想激盪，如新唯物論、思辨現實論、客體導向本體論等等，而這種重視「物質性」的思潮正好對媒介考古學掀起推波助瀾之用。但這並非開創性的概念，物質性實際上早已存在於媒介研究中，但過往主流的論述仍是以非物質性作為研究基礎，以認知、思想、語言等出發；物質性研究則格外重視空間場所、技術、載體、身體等，即研究媒介本身。

　　近二十年來，由基德勒的媒介理論所帶動的媒介考古學逐漸受到學院關注，這群舉起媒介考古學大旗的學者們，重視媒介的物質性、異質性與復現性，在鉅細靡遺的論述中以「視舊如新」的視角審視那些被歷史洪流掩蓋的媒介，一一撥開覆蓋上面的塵土，使其

---

[32]　這裡需指出的是，傅柯式的「考古學」一詞在這之前也曾在別處挪用，並提點出類似的研究方法如電影考古學、視聽考古學等等，然齊林斯基的《媒介考古學》仍是第一部以此命名的著作，關於其命名的淵源可參見 J Parikka ed, *Media Archaeology: Approaches, Applications, and Implications* (Berkeley: University of California Press, 2011), pp. 3-5.

[33]　Armitage J, "From Discourse Networks to Cultural Mathematics: An Interview with Friedrich A. Kittler", *Theory, Culture & Society*, vol. 23, no. 7-8 (2006), pp. 17-38.

[34]　賴俊雄：〈三隻小豬：內在性哲學的新世紀轉向〉，《中華民國比較文學學會電子報》第十三期（2015年6月），無頁碼。

重現於世人眼前。[35]不過,「媒介考古學」嚴格來說仍不是一個專門的研究方法,從藉由該視角為切入的論文來看,其實該方法論更在乎的是問題意識:這些媒介為什麼會出現?為何會被忽視?媒介的內部機制是什麼?媒介如何影響人的思維乃至社會面的變革?這些媒介能對未來帶來什麼樣的功能?至於操作方法則會因不同的媒介如幻想媒介(imaginary media)、數位媒介(digital media)、互動媒介(facing media)等等而有所差異。各路的學者往往是重其精神而非方法,主要在於提點出過往不被重視的媒介,分析媒介的內部機制,探問媒介如何對我們施加影響與施加多少程度的影響,並以此尋求對未來的幫助。

因此,媒介考古學可說是一種「回顧以前瞻」的研究取向,在研究路線上大致可以歸納為兩個方向,首先是以基德勒為主的媒介物質性分析,探討的是「作為文化技術的媒介」。文化技術一詞源於德文脈絡,原本出自德國早期的農業工程,強調將自然(植物)轉為文化(農耕)的過程,而後被重新表述為一種意識形態的形塑過程,直至七〇年代後開始被用於文學、藝術、媒介研究中,為「探索新的媒介生態中,閱聽眾使用媒介過程中的種種心智能力與技巧」[36]。因此「作為文化技術的媒介」即是指涉改變人的思維甚至能形塑主體的媒介,除了一般的文學、哲學等著作外,如基德勒在《留聲機、電影、打字機》中的討論對象:留聲機的接收原則、電影的剪輯技巧、甚至打字機造成的思維斷裂都是「作為文化技術的媒介」。

在方法實踐上,此一路線的學者大都汲取了基德勒的思路,「著眼於媒介設備/系統,考察其運作機制與技術控制如何參與到

---

[35] 施暢:〈視舊如新:媒介考古學的興起及其問題意識〉,《新聞與傳播研究》(2019年7月),頁51。

[36] 唐士哲:〈作為文化技術的媒介:基德勒的媒介理論初探〉,《傳播研究與實踐》第7卷第2期,頁7。

我們身體、感官及認知的形塑之中」[37]，如基德勒在探索尼采使用打字機時，討論的是思維與風格的前後轉變；而美國媒介研究學者吉特爾曼（Lisa Gitelman）也將留聲機視為一種銘刻技術，藉以討論物質如何影響了文本的形式、呈現。[38]

　　而另一條路線，是以齊林斯基為代表的媒介變體分析，相比基德勒對傅柯考古學的挪用，齊林斯基更在乎的是系譜學的方法（但抽離了權力分析），他質疑連續性史觀，所關注的是經典媒介之外的、隱藏於洪流之下的異質性媒介，在其代表作《媒介考古學》中就考察了眾多只曇花一現甚至是僅存於紀錄中的「幻想媒介」，例如古希臘的身體毛細孔論述、文藝復興時的魔術光學實驗、20世紀初俄羅斯的機械詩等等，且對於媒介的奇聞軼事也照單全收，以探討媒介的產生與消失的原因。[39]

　　這些採取變體學的學者大都重新對「失敗」的媒介予以評估。也因此，這條路線的學者相信過往消失的媒介只是暫時地銷聲匿跡，甚至發明一個詞叫「殭屍媒介」（zombie media），認為媒介不會死亡，假以時日終將以另一個面貌「復現」，或與其他媒介相結合，或融入文學、電影、音樂等等之中，並喚醒人們已遺忘的感覺。如斯科斯（Jeffrey Sconce）在〈論影響機器的起源〉（"On the Origins of the Origins of the Influencing Machine"）一文中曾提及，一種由精神分析學家托斯克（Victory Tausk）在1919年研究的「攝心機器」現象，這出現在於有幻覺困擾的患者中，這些患者往往會將科技發明所帶來的焦慮投射成造成幻覺的主因，例如受到電磁波操縱或是被植入晶片，為了研究此現象托斯克創造出一臺假的「影響機器」，用各種電線、電池、按鈕、輪子組成，並用於臨床實驗中，

---

37 施暢：〈視舊如新：媒介考古學的興起及其問題意識〉，《新聞與傳播研究》，頁40。

38 Lisa Gitelman, *Scripts, Grooves and Writing Machines: Representing Technology in the Edison Era.* (Stanford : Stanford University Press, 1999), pp, 1-20.

39 齊林斯基著、榮震華譯：《媒體考古學》（北京：商務印書館，2006年）

成功地讓病患覺得自己受到這臺機器干擾產生幻覺。而這種「科技妄想」一直存在於人類社會中，縱使攝心機器此一媒介已消失，然而其概念仍在許多電影如《駭客任務》、《鷹眼》中不斷復現。[40]

綜上爬梳，媒介考古學可如大眾傳播學者施暢所言視為一種「視舊如新」的關注：

> 以陌生而嶄新的視角去復原、去審視那些古舊的事物，也是去尋找舊物之中那些新穎而另類的異質性存在，同時還體現為一種新舊交迭、循環往復的時間意識，其重點在於專注於過去所忽略的媒介面向，研究它的發明、載體、機制、設備、空間在時間中的流變，對我們施加的影響，以及在多大程度上參與到我們身體、感官與認知的構成之中。[41]

由此可知，探究媒介的「物質性」、「異質性」與「復現性」可說是媒介考古學的重要旨趣，透過挖掘媒介的種種特性，以反思當下社會環境的種種呈現，並期許能從過去的失敗考古出對現今與未來的幫助。

不過，媒介考古學通常只專注於媒介本身與少數幾個使用者。在這一點上須理解人們對媒介的感受也並非是共同的，各地的人們也會因為文化、社會、地理以及時代上的區別而對媒介有不同的反應，並引發出多種複雜的絢爛想像，因此勢必在分析媒介的同時帶入歷史脈絡的探討，以觸及所處社會上的各個層面，方能以更宏觀的視角發起探問。

---

[40] Jeffrey Sconce, "On the Origins of the Origins of the Influencing Machine", J Parikka ed, *Media Archaeology: Approaches, Applications, and Implications*, pp.70-94.
[41] 施暢：〈視舊如新：媒介考古學的興起及其問題意識〉，《新聞與傳播研究》，頁51。

三、夏宇詩歌的媒介式文學分析

　　在近幾年，除了對媒介自身的考察外，電影研究、藝術研究以及文學研究界也開始響應這波媒介的熱潮，試圖將媒介考古學獨特的研究視角融入自身領域中，或從硬體、技術層面展開探問，或從社會文化層次考察人們對媒介的實踐或心態，以此發掘新的問題並提出新的思考。例如美國文學研究者瑪謝爾（Kate Marshall）的《廊道：美國小說中的媒介性建築》（*Corridor: Media Architectures in American Fiction*）一書，即是藉由基德勒媒介論的啟發，從小說中考察美國20世紀中葉前的建築，由此延伸空間政治、社會動態與人體感知，彰顯媒介是如何左右小說的層次以及當時社會的權力結構；[42]而在臺灣學界中，蘇秋華亦曾透過維多利亞時期招魂術與傳信技術的考察，探詢狄更斯（Charles Dickens）是如何將電報技術反映於自身的鬼魂敘事中，並以此反轉人類主體中心的地位。[43]

　　在文學研究中，新媒體文學學者陳春燕曾在其論文〈從新媒體研究看文學與傳介問題〉中，以瑪謝爾的《廊道：美國小說中的媒介性建築》一文為例，將該作者以基德勒的啟發而生的操作方法稱之為「媒介式文學分析」：

> 這個或可稱為「媒介式文學分析」（medial literary analysis）的方法，對文學研究策動了幾個積極態度。首先，傳介不是再現：媒介式分析不是先標出小說微言大義，再看個別物件如何反映小說宗旨；傳介文學觀留意的是小說本身如何將特

---

[42] Kate Marshall, *Corridor: Media Architectures in American Fiction.* (Minneapolis: University of Minnesota Press, 2013).

[43] 蘇秋華：〈扣擊者、電報員、鬼：從媒體考古討論狄更斯的鬼魂敘事〉，《中外文學》第46卷第3期（2017年9月），頁155-186。

定物件運用成情節、人物、文字等層次的牽引者，而這些層
次都分別富有物質性，都分別可能動態地左右其他層次，而
非單方向地烘襯主題。其次，媒介性物件不只是譬喻：小說
中的媒介性物件，確實可能有喻指功能，但它們也具紮紮實
實的物質性，在小說分析中，不應只將它們視為心理世界的
投射，而應關注這些物件如何塑造甚或攪擾社會形式。其
三，媒介式分析重物質性但卻不止於物質性分析：媒介性物
件固然是明確的物質物件，但媒介式分析更在乎的，是物件
是否具有媒介、連通功能。其四，小說也應被視為某種媒
介：媒介式分析強調語言本身的物質性與媒介性，拒絕再現
觀將語言用為透明工具的做法；而當小說成為特定媒介性物
件的施展舞臺，當小說對社會樣態的描述、批判可能回流成
為（現在或未來）社會性的一部分時，小說本身的連通性也
躍然紙上。[44]

　　陳春燕點出許多媒介式文學分析的特性，這並不是一個講求再
現的文學觀，而是觀看小說作品的媒介如何勾動故事進展，甚至是
書寫層次的影響，講究的是「再現的條件」，承繼基德勒對媒介的
關懷，重視過去原本不被視為具有能動性的物件，探尋此些媒介如
何與小說中的社會現實甚至是與作者本身「溝通」，以新的視角探
究文學與現實的關聯。

　　而在臺灣的文學研究的實踐中，明確標舉以媒介考古學作為
介入視角的論文共計三篇，並都出現於單篇論文中。首先是蘇秋華
的〈人型書寫自動機：從十九世紀魔術和召魂術討論機器書寫之鬼
魅性〉，該文主要考古「自動機」與「自動書寫」所勾連成的「人
型書寫自動機」以及其所引發的魔術與招魂術之想像，並延伸基德

---

[44] 陳春燕：〈從新媒體研究看文學與傳介問題〉，《英美文學評論》第27期（2015年12
　　月），頁151。

勒在《論述網路》中有關自動書寫的討論，轉引出機械進入書寫後的「鬼魅性」，最後以此脈絡重新詮釋美國小說家詹姆士（Henry James）的《螺絲轉》（The Turn of the Screw），跳脫了過往精神分析學派與相反立場爭論的僵局，思考其中的後人文倫理，為該小說帶入新的時代意義。[45]

第二篇則是前面稍稍提及過的〈扣擊者、電報員、鬼：從媒體考古討論狄更斯的鬼魂敘事〉，一樣由蘇秋華發表，該文考古的對象為電報技術與其所引致的新興鬼魂想像，佐以當時的人們對召魂術的反應，梳理「傳憶技術」是如何介入當時人們的文化、想像、政治與生活方式上，再以此脈絡詮釋狄更斯的鬼魂敘事，說明作家筆下那去身體化鬼魂仍須依附於技術的物質性。[46]

第三篇為林祈佑的〈忠實的電氣局－翁鬧〈港町〉與神戶都市媒介〉，應是第一篇以媒介考古學的視角帶入臺灣文學的論文。該作者自翁鬧小說中的「非人」事物出發，藉由文獻資料還原日治時代的「神戶都市媒介」，視〈港町〉的書寫即為都市本身，並從文本中延伸討論人與都市其中有機／無機之連結、都市空間以及商品化的流通，為因背景資料稀少而難以討論的〈港町〉開展傳統研究之外的新興面向。[47]

綜上之述，可以知道挪用媒介考古學作為切入視角的文學研究者們往往先以各別媒介為重，不只理解其物質性與運作方式，更要帶入所處時空的歷史文化背景與流變，以及人們對於該媒介問世當下的反應，再以此將文本例證至於此脈絡下閱讀，分析作家對媒介的洞見以及如何左右書寫的層次並做出新的詮釋。而此方法在本書

---

[45] 蘇秋華：〈人型書寫自動機：從十九世紀魔術和召魂術討論機器書寫之鬼魅性〉，《中山人文學報》43期（2017年7月），頁45-71。

[46] 蘇秋華：〈扣擊者、電報員、鬼：從媒體考古討論狄更斯的鬼魂敘事〉，《中外文學》第46卷第3期，頁155-186。

[47] 林祈佑：〈忠實的電氣局——翁鬧〈港町〉與神戶都市媒介〉，《臺灣文學研究學報》第二十六期（2018年4月），頁9-42。

的貢獻，除了開拓詩學研究中另類的外緣因素，另一方面也凸顯了媒介當下的樣貌，我們將可更鉅細靡遺地了解媒介與作家之間的交織情形。

然而，媒介式文學分析目前尚屬新興的切入視角，並以小說研究為大宗，本文的例證則是以現代詩為主，因此在進入分析之前勢必留意文類的差異所造成的影響，且夏宇獨特的「書寫」姿態亦不可不察，以下將說明本文的研究重點，以方便進入後續夏宇詩歌的討論：

首先，現代詩注重意象的經營，同時詩人的書寫因有限篇幅的影響，文字的密度與質量也高於其他文類，因此在觀察現代詩尤其是夏宇的後現代詩，不若小說的敘事或以人物、物件、劇情推動等等為單位，須更留意「字」的經營方式，從文字詩意的併發處探尋媒介的介入方式。

其次，本文主要從夏宇詩集與自述中考古媒介的樣貌，尤其重視字的轉譯與變形。在此考古路徑下對於全貌雖然破碎，然而卻更能表現微觀上的銘刻技術的轉化，並得以觀察詩人受媒介影響後的思維改變與如何呈現於書寫之中。

第三，媒介的興起須與人們彼時的反應相扣連，尤其在此時代媒介的演進日新月異下更是如此，重要的是觀察此些媒介與社會文化的關聯乃至詩人的反應。

第四，本文無力也無法考古完整的機器翻譯史、流行歌史與電影史，也因此在各章對於媒介探討，僅會盡力呈現與詩人書寫有關的部分媒介史，例如在第二章關於機器翻譯的考據，所著重的將是《粉紅色噪音》問世當下翻譯軟體Sherlock所運用的編碼規則，其他的規則僅會以補充的方式簡述。

最後，夏宇的「書寫」尚有一種「語言之外」的實踐。其所關注的不只是文字本身，排版方式、字體大小、影像、顏色甚至紙張材質都具有特定意義，這凸顯了夏宇一種獨特的創作邏輯，「詩

集」的整體結構都應視為展演的一部分，而這些「語言之外」的展演在本文的例證中也都與各種技術的樣貌息息相關。關於此點，或許是傳統文學理念難以解釋夏宇的行為，國內評論大都選擇貼合詩人自身的書寫史，藉由追蹤夏宇字裡行間透露出的創作意識來探討其動機。[48]然而，僅藉由附錄、後記或詩作的「文字」分析詩人的創作動機，在面對夏宇這些獨特的創作時，這將衍生出另一個問題——即忽略了詩人語言之外的創作實踐，也就是「詩集」本身。

在這方面，香港學者李宗慶（Tong King Lee）的〈制動文本：一種閱讀的拓樸〉（“Cybertext: A topology of reading”），其中受海爾思（N. Katherine Hayles）啟發的「物質論」對本文多有幫助。該文主要是藉由「制動文本」概念的爬梳，並以「書本」為對象檢視了《摩擦・無以名狀》、《粉紅色噪音》與《那隻斑馬》。[49]在此，李宗慶強調文本技術與文學性之間的關聯，提醒了我們夏宇作品能產生的詩意不單僅存在於文字之間，更可透過閱讀行為的外部技術

---

[48] 如與本文例證《這／那隻斑馬》密切相關的楊瀅靜與李癸雲的論文，前者即是藉由流行文化的相關論述角度出發，並追蹤夏宇過往的創作史，以分析其詩與歌界線觀念的消長；後者則是透過群體心理學與詩集的附錄探尋夏宇／李格弟之間的身分定位，兼論詩與歌彼此間的位置與衝突。見楊瀅靜：〈黑與白的愈混愈對——從《這隻斑馬》、《那隻斑馬》看夏宇歌詞與詩之間的關係〉，《臺灣詩學學刊》第20期（2012年11月），頁27-60；李癸雲：〈「唯一可以抵抗噪音的就是靡靡之音」——從《這隻斑馬This Zebra》談「李格弟」的身分意義〉，《臺灣詩學學刊》第23期（2014年6月），頁163-187。而在《這隻斑馬》與《那隻斑馬》之外，與詩集本身相關的論述也大都扣合夏宇的創作意識切入，如黃文距即針對《粉紅色噪音》指出夏宇的詩集形式僅是「混搭」，因此主要是藉由附錄的內容並以拉岡的精神分析回觀夏宇創作意識，見黃文距：〈以破壞與趨俗：從「以暴制暴」到「仿擬記憶／翻譯的態」——以《●摩擦●無以名狀》、《粉紅色噪音》為例〉，《臺灣詩學學刊》第15期，頁199-234。；楊瀅靜的學位論文亦有觸及，將夏宇的這些作品稱之為「技術型」詩集，但同時也是以夏宇的言談為例，以莊子的「技進於道」解釋夏宇的行為，將詩人的手工藝行為視為對於道的追求，另外也借用了班雅明（Walter Benjamin）的「靈光」（aura）一說，認為夏宇透過了形式與讀者互動，每本詩集都因為閱讀的「限制」（如撕開書頁、刮開封面）而成為獨一無二的存在，強調其「此時此地」的特質，見楊瀅靜：《創化古典、鍛接當下：以夏宇、零雨的詩學為例》（花蓮：國立東華大學中國語文學系博士論文，2015年）。

[49] Tong King Lee, “Cybertext: A topology of reading”, *Modern Chinese Literature and Culture* Vol 29, No.1 (2017), pp. 172-203.

實現，同時其物質性的分析模式亦提供了本文重要的參照。

　　在《書寫機器》（*Writing Machines*）中，海爾斯曾提議一種「媒介特殊性分析」（media-specific analysis）的閱讀方式。海爾斯特意將媒介的物理性與物質性區分開來，所謂的物理性（physical），作者以CRT顯示器中的稀土元素與電源線中的鈀為例，意指媒介的物理性質；而物質性（materiality），則是「物理性和作品藝術策略之間的相互作用所產生的」[50]，並透過此一區分讓研究者專注於物質性的討論，以彰顯媒介與文字內容的關聯。而近年來，陳春燕則透過玻璃詩的探討，進一步擴充其中的概念：

> 媒介的物理性在文學生產中可能扮演更主動的角色，甚至可能成為不穩定的因子，影響文學的形式呈現效應；而物質性，則是文學內容、形式及媒介物理性多重互動之下的生成，除了可讓我們敏感於文字平面能製造的視覺性、觸覺性或聲響，也有助我們透析文學與文學書寫的外部之間的關聯——探問視覺性、觸覺性、音效性書寫所拉展開的是何種的文學－真實連結。[51]

　　陳春燕所言修正了海爾斯的物理性過於僵化的言論，同時也指出物質性分析可讓我們透見另一種文學與真實間的連結。筆者認為，以此聚焦夏宇的詩集，細觀詩人所賦予的物質性，將會為本文凸顯此行為所產生的意義，進而帶出不同於以往詮釋的方向。

　　與此同時，此種「語言之外」的創作，亦可與1980後臺灣視覺詩運動即其後的相關論述加以連結。如解昆樺於〈從圖像詩到視覺

---

[50] "Materiality thus emerges from interactions between physical properties and a work's artistic strategies." N. Katherine Hayles, *Writing Machines* (Cambridge: MIT Press, 2002), pp. 32-33. 另，本書若有引用的英文翻譯，除非有額外標註，其他皆為自譯，以下不再贅述。

[51] 陳春燕：〈文字、影像、媒介：淡水河畔的玻璃詩〉，《中外文學》第45卷第4期（2016年12月），頁187。

詩：中國暨義大利當代詩人視覺詩畫聯展（1984）、視覺詩十人展（1986）之理論與實踐文本〉中指出，自1980後，臺灣在羅青、杜十三、林煥彰、白靈、管管等詩人的推廣與實驗下，已進行多種建基於漢字特性的詩畫創作，並聚焦於「『詩－畫』辯證」與「華文漢字視／聽覺造型」兩個方面，討論其突破文字與繪畫間的框架，自平面空間賦予隱喻象徵乃至開展動態軌跡。[52]不過，夏宇亦有所突破，其詩並非侷限於單一畫框空間，而是以「詩集」為載體並含納外部技術對讀者閱讀行為的影響，換言之其創作所帶來的知覺體驗不單僅是視覺，亦須考量聽覺甚至觸覺層面以探討其背後的核心理念。

綜上所述，緣於夏宇詩集的特殊性，筆者的重點關懷除了是媒介性的亦是物質性的。媒介性的顯現將落實於與詩集相關的機器翻譯、流行歌、攝影與電影等，將針對媒介的運作邏輯探索詩人的反應與對「書寫」的變革，也描摹那稍縱即逝的媒介樣貌；而物質性則是連結詩集載體與媒介的重要路徑，可以注意到，夏宇詩集不只是純然的形式主義，這些物質載體也清晰表現了各個媒介的特質，其中的交融、重組與對話都在在衝擊了既有詩學的疆界，本書將盡可能描述並詮釋它，以凸顯當代詩學與詩藝的新可能。

四、文獻與對話

本書不單是媒介式文學分析的演示，同時也是夏宇詩的專論。在此專家詩的操作下，以下將從過往文獻的內容回顧，說明此次探討對夏宇研究上的進展。

作為詩學研究的重要子題，夏宇詩評已累積了豐碩篇章，其行

---

[52] 解昆樺：〈從圖像詩到視覺詩：中國暨義大利當代詩人視覺詩畫聯展（1984）、視覺詩十人展（1986）之理論與實踐文本〉，《臺灣文學研究學報》第24期（2017年4月），頁297-341。

徑獨特的作風與語言形式的自成一脈，使得學界對於夏宇至今仍愛不釋手。夏宇詩的遊戲性與其諧趣的語言，在甫出道時便引起了文壇重視，如蕭蕭就將夏宇視為「勇敢的」詩人，認為她忠於表現自己而不受世俗綁架；[53]萬胥亭則是將夏宇視為現代主義末期的另類「壞詩」。[54]

而關於夏宇的早期研究，「後現代語言」與「女性詩人」為論者最津津樂道的關鍵字。首先是後現代的視角，許多評論者如林燿德、孟樊、鍾玲、楊小濱皆以此作為夏宇的定位，如林燿德即認為夏宇早已跳脫現代主義的框架，並認為前述所提的蕭蕭與萬胥亭運用了太多不確定性詞彙如「可能」、「似乎」、「或許」等，顯見舊有的理論難以套入夏宇的創新，實際上應將夏宇視為把握住後工業社會特質的詩人，其詩作中也呈現後現代的特徵；[55]孟樊也有多篇將夏宇定位為後現代詩人的評論，其中值得注意的是〈臺灣的後現代語言詩〉一篇，修正了早期他認為夏宇是「力竭文學」的觀點，並在此文指出了夏宇具有將文字視為物質的概念，相信符號的非指涉性，符合了英美後現代「語言詩派」的特徵；[56]鍾玲則是在《現代中國繆司：臺灣女詩人作品析論》一書中將夏宇、萬志為與梁翠梅視為臺灣八〇年代後以都市空間開展的後現代詩人；[57]而楊小濱在論及兩岸後現代詩人時，也指出夏宇詩經常以失聲的姿態與為他人或在別處發聲，符合了後現代中「後主體」對主體的批判。[58]

---

[53] 蕭蕭：〈備忘錄──以凡人的方向思考的詩集〉，《文訊》第16期（1985年2月），頁115。

[54] 萬胥亭：〈日常生活的極限：讀夏宇詩集《備忘錄》〉，《商工日報》（1985年11月24日）。

[55] 林燿德：〈在速度中崩析詩想的鋸齒：論夏宇的詩作〉，《文藝月刊》205期（1986年7月），頁44-54。

[56] 孟樊：〈夏宇的後現代語言詩〉，《中外文學》38卷2期（2009年6月），頁197-227。孟樊其他有關夏宇後現代的著作可參見〈超前衛的聲音──評夏宇的詩〉，《臺北評論》第4期（1988年3月）頁133-150。

[57] 鍾玲：《現代中國繆司：臺灣女詩人作品析論》（臺北：聯經出版，1989年）。

[58] 楊小濱：《語言的放逐：楊小濱詩學短論與對話》（臺北：釀出版，2012年），頁56-58。

其次，女性主義視角也是許多評論者的著墨處。除了上文提及的鐘玲、孟樊外曾以女性視角觀照外，[59] 在李元貞的《女性詩學：臺灣現代女詩人集體研究》中，則認為夏宇的離題書寫與《摩擦‧無以名狀》的實驗破壞了父權秩序下的言語邏輯，但認為這是一種「玉石俱焚」的作法，雖用心良苦但不可取；[60] 奚密的看法不若李元貞保守，認為夏宇是當代最傑出且最具原創性的女詩人，並從夏宇富有想像力與原創性的情詩著手，認為夏宇的詩學「賦予女性以力量去反抗一統化父權傳統的統御」[61]。

在後現代與女性的框架定型後，開始有學者於此框架中再引入後殖民的視角，如廖咸浩的〈物質主義的叛變：從文學史、女性化、後現代之脈絡看夏宇的「陰性詩」〉，應是最早指出夏宇有重視物質性傾向的論文，並認為夏宇詩是以「物質主義對付理言中心的拜物主義」，並以後殖民論述修正了其後現代的風格。[62]

而在大框架之外，亦有許多單篇論文以敘事學、互文性或古典詩學等角度切入補充，如李翠瑛以敘事學角度說明夏宇的語言風格，認為其敘事策略結合了後現代的書寫，並以「情節式意象」推動故事進展；[63] 解昆樺則透過〈乘噴射機離去〉一詩探索夏宇如何從悲傷中發展諧趣語言，並從諧趣中強化了感情創傷的力道；[64] 洪姗慧則以互文指涉與諧擬探討了夏宇早期詩集《備忘錄》與《腹語術》，並強調

---

[59] 孟樊：〈當代臺灣女性主義詩學〉，收錄於鄭明娳編：《當代臺灣女性文學論》（臺北：時報出版，1993年），頁139-180。

[60] 李元貞：《女性詩學：臺灣現代女詩人集體研究》（臺北：女書文化，2000年），頁340。

[61] 奚密：〈夏宇的女性詩學〉，《臺灣現代詩論》（香港：天地圖書有限公司，2009年），頁299。

[62] 廖咸浩：〈物質主義的叛變：從文學史、女性化、後現代之脈絡看夏宇的「陰性詩」〉，收錄於鄭明娳編：《當代臺灣女性文學論》，頁236-272。

[63] 李翠瑛：〈敘事的與非敘事的——論夏宇詩中「情節式意象」作為敘事策略之呈現〉，《臺灣詩學學刊》第21期（2013年5月），頁39-64。

[64] 解昆樺：〈有趣的悲傷：夏宇〈乘噴射機離去〉書寫過程中發展之諧趣語言〉，《淡江中文學報》30期（2014年6月），頁237-276。

夏宇的語言實驗及其顛覆性；[65]李癸雲則以互文性與愛情書寫切入，歸納了夏宇情慾化、個體化與通俗化的書寫傾向；[66]翁文嫻則另闢蹊徑以古典詩學的賦比興詮釋夏宇的現代書寫策略，並認為夏宇可利用嚴謹的角度閱讀，其書寫的任何形式皆有其高度嚴謹的準則。[67]

　　在單篇論文之外，由青年研究者撰寫的博碩士論文或許是承繼了夏宇的反叛精神，除了李宥璇與宋淑婷外，[68]其他十三篇大都不滿原本貼在夏宇身上的後現代或女性的「標籤」。這些研究者或從離散美學、遊戲性或語言修辭的方式切入，試圖開展夏宇詩的另類面向。[69]其中比較特別的是陳柏伶的研究，該作者的碩博士論文都以夏宇為研究對象，但並非以已有理論做切入，而是以忠實讀者的心態闡述不少夏宇詩的閱讀方式，並補充了許多普通讀者難以發現的細節。[70]另一方面，亦有許多研究者以海德格、德勒茲、巴拉舍等人的哲學論述闡釋夏宇的詩學，[71]近年來更將視角放向接受美學，開始討論夏宇對讀者乃至下一代創作者的影響。[72]

---

[65]　洪姍慧：〈夏宇早期詩作的語言實驗及其顛覆性〉，《臺灣詩學學刊》16期（2010年12月），頁253-277。

[66]　李癸雲：〈參差對照的愛情變奏－析論夏宇的互文情詩〉，《國文學誌》23期（2011年12月），頁65-99。

[67]　翁文嫻：〈《詩經》「興義」與現代詩「對應」美學的線索追探——以夏宇詩語言為例探研〉，《中國文哲研究集刊》第31期（2007年9月，頁121-148），頁121-148。

[68]　宋淑婷：〈後現代詩之互文性：以夏宇為對象〉（臺北：國立臺北大學中國文學系碩士論文，2000年）；李宥璇：〈夏宇詩的修辭意象與其後現代風格〉（高雄：國立中山大學中國文學系碩士論文，2010年）。

[69]　許麗燕：〈論夏宇詩中的離散美學——以《salsa》為評析對象兼及其它〉（臺北：國立臺灣師範大學國文學系碩士論文，2006年）；李淑君：〈低限馬戲——夏宇詩的遊戲策略〉（彰化：國立彰化師範大學碩士論文，2008年）；林苾霖：〈夏宇詩的歧路花園〉（新竹：國立清華大學中國文學系碩士論文，2008年）。

[70]　陳柏伶：〈據我們所不知的——夏宇詩研究〉（臺南：國立成功大學中國文學系碩士論文，2003年）；〈先射，再畫上圖：夏宇詩的三個形式問題〉（新竹：國立清華大學中國文學系博士論文，2012年）

[71]　蔡林縉：〈夢想傾斜：「運動－詩」的可能——以零雨、夏宇、劉亮延詩作為例〉（臺南：國立成功大學現代文學所碩士論文，2010年）；林芳儀：《與日常碎片一起飄移：夏宇詩的空間與夢想》（臺北：秀威出版，2018年），此書原為碩士論文。

[72]　如翁文嫻：〈臺灣後現代詩觀察：夏宇及其後的新一代書寫〉，《臺灣文學研究》第1卷第2期（2012年6月），頁251-301、林妤：〈夏宇《詩六十首》／李格弟《這

從以上臺灣學界有關夏宇研究的概要式爬梳可以得知，夏宇詩所蘊含的前衛能量已經引起了不少評論，並累積了豐富的成果。然而，在爬梳時也可以注意到三點與本次探討議題密切相關的暗區，首先是夏宇「以媒介作為創作核心的傾向」，其次則是「詩人語言之外的實踐」，以上兩點已在前幾節中重點提及，而最後一點，則是本書的大標，即夏宇的「噪音詩學」。

在前行回顧中，可以注意到噪音雖作為夏宇21世紀後詩歌作品中的重要關鍵字，但對此議題的探討大都散見於主要議題之外。以《粉紅色噪音》的相關論文為例，此書由於其實驗性與前衛風格，出版至今海內外已有多篇相關研究，論者多以翻譯問題與讀者接受為主軸，[73]同時由於透過科技（機器翻譯）的創作方式，亦有論者將其連結至數位時代下文本與異文化的關聯。[74]在這當中，對於噪音的看法也略有差異，如李宗慶即認為自聲學術語切入並不準確，僅是詩人單純喜歡粉紅色，噪音應指涉為更基礎的「文字噪音」；[75]而施開揚的博士論文則從夏宇的創作過程出發，認為「粉紅色噪音」所暗示的是數位網路中東西文化差異所突現的不平等，並連接到計算機的理論，指出噪音的意義還需要關注於網際網路與翻譯軟體中的表現。[76]

隻斑馬》：作者身分、市場價值與讀者品味〉（臺中：東海大學中國文學所碩士論文，2013年6月）。

[73] 在翻譯方面，如香港學者李宗慶即透過其他版本的機器翻譯與中英版本的迴圈閱讀，嘗試討論文本中能指的延異現象，參見Tong King Lee, *Experimental Chinese Literature: Translation, Technology, Poetics* (Boston: Brill, 2015), pp. 21-66. 黃文鉅則透過讀者接受與夏宇的創作意識，切入詩人的翻譯與記憶之互相指涉，參見〈破壞與趨俗：從「以暴制暴」到「仿擬記憶／翻譯的態」——以《●摩擦●無以名狀》、《粉紅色噪音》為例〉，《臺灣詩學學刊》15期（2010年7月），頁215-219；李淑君的學位論文則主要透過文本觀察翻譯後的音樂性與物質性，指出夏宇雖透過機器翻譯使意義喪失，卻還原了人工翻譯經常忽略的字的聲音，參見《低限馬戲——夏宇詩的遊戲策略》（彰化：國立彰化師範大學國文學系碩士論文，2008年），頁102-126。

[74] Brian Skerratt, "Form and Transformation in Modern Chinese Poetry and Poetics", Diss. U of Harvard, 2016. pp. 188-243.

[75] Tong King Lee, *Experimental Chinese Literature: Translation, Technology, Poetics*, pp.30-31.

[76] Brian Skerratt, "Form and Transformation in Modern Chinese Poetry and Poetics", Diss. U of

至於最早提出「噪音詩學」一詞的奚密，主要是藉由法國經濟學家與哲學家阿達利（Jacques Attali）將音樂發展視為反映社會變遷的一面鏡子的說法，將其轉化後置「噪音」於漢語現代詩史的脈絡中，以胡適、戴望舒、紀弦與夏宇為例，指出噪音做為一種表現形式，代表了「斷裂、介入、批判精神」。[77]在此，奚密對於噪音在夏宇詩的闡發雖有關注於聲學術語上的意義，但其主要觀點仍是藉由噪音以象徵詩人們的突破性策略。

以上的討論皆提供了本文初步詮釋的基礎，然而將噪音作為創作概念在夏宇的詩藝中尚有多樣面貌，這不只體現在《粉紅色噪音》中，詩人對於噪音概念的萌發始於《愈混樂隊》專輯中，並於《粉紅色噪音》成形，更衍生至往後的《這／那隻斑馬》與《第一人稱》中，其中的關鍵，須自媒介研究的視角著手。

噪音媒介在夏宇詩學中具有舉重足輕的地位，不只是夏宇首次明確表明作為整體創作概念的媒介，更貫穿了夏宇21世紀後的創作。我將在後續各章節中透過媒介式分析，討論詩人是如何自噪音出發並化為創作概念，以展現其獨特的噪音詩學。將分別以「雜訊」、「噪音」、「噪點」指涉《粉紅色噪音》、《這隻斑馬》與《那隻斑馬》、《第一人稱》，此些噪音媒介的體現在夏宇的操演下也與不同的媒介如機器翻譯、流行歌及攝影互相結合，我們將看到夏宇如何以噪音詩學重塑現有詩學的層次，並進一步開展炫麗的媒介想像。

五、章節概述

本書分為五個章節。第一章「導論」首先自現代詩中的另類媒

Harvard, 2016. pp.238-240.

[77] 奚密：〈噪音詩學的追求──從胡適到夏宇〉，《長沙理工大學學報（社會科學版）》26卷5期（2011年9月），頁44-50。

介談起，此一切入不同於傳統詩學中歷史、文化、社會等路徑，而是建基自另類媒介的運作邏輯，再以後現代時期的部分詩作指出媒介所造就詩語的轉變，並介紹夏宇詩獨特的媒介面向，帶出研究動機與範疇。之後爬梳當今的媒介觀與媒介考古學，導引出本書「媒介式文學分析」的方法與預期貢獻，建構出本文的研究方法。最後回顧前行研究，說明此次探討對夏宇詩研究上的進展以及對噪音詩學的詮釋。

自第二章「雜訊：《粉紅色噪音》的機器翻譯」開始，正式演示詩集中媒介與詩藝的關聯，將藉由《粉紅色噪音》中「機器翻譯」與「噪音」兩媒介的分析，考察其內部機制，並以此為起點進一步詮釋，解析夏宇對Sherlock的驚嘆：「語言的完全解放」與「噪音詩集」之意。同時本文沿用齊林斯基的「媒介變體分析」，將《粉紅色噪音》的寫作技術視為幻想媒介（imaginary media），[78]其背後所運用的機器翻譯雖語意不通、難以使用，但在以歧異為貴現代詩中，反而是透過原語言將中文語意理解的邊界延伸至極限，形成獨樹一格的語言形式，也提供另一種來自科技的創作進路。同時本章中對於噪音媒介的探討也將出沒於其他章中，以展現夏宇獨特的噪音詩學。

第三章「噪音：《這隻斑馬》、《那隻斑馬》的流行歌」將先解析當代流行歌的內部機制，從其文化層面探討，佐以夏宇對流行歌工業的觀察，指出標準化現象下流行歌寫作上的要求，並透過噪音的概念探詢《愈混樂隊》的定位。其次，將深入技術層次，以《這／那隻斑馬》中的詞作分析當代流行歌詞的結構，討論旋律與四聲上的配合如何影響詞作的用字，並論及夏宇所言的「音感」之意。最後以前述討論為基礎，觀察《這／那隻斑馬》形式上的物質

---

[78] S Zielinski,"Modelling Media for Ignatius Loyola", in Kluitenberg E ed, *The Book of Imaginary Media: Excavating the Dream of the Ultimate Communication Medium* (Rotterdam: NAI, 2006), pp. 29 -55.

性展演是如何與臺灣當代流行歌媒介呼應，我們可以發現整本《那隻斑馬》即是1984年後臺灣流行歌的縮影。

第四章「噪點：《第一人稱》的攝影與電影」將先從「壞照片與詩」著手，探詢夏宇如何從壞照片的刺點中轉引詩句，將真實轉為虛構；其次，討論電影的敘事方式是如何進入《第一人稱》的書寫中，將以畫外音與剪輯技術分析夏宇如何使靜態的照片成為動態的電影；最後以布萊希特「疏離」概念與史蒂格勒的攝影分析詮釋《第一人稱》，指出當中斷裂與「再經驗」的關聯。

第五章「結論」將藉由前述三章媒介與詩在夏宇書寫中的交互關係，總結媒介與文學的交織概況，不只自考古詩集中所顯現的媒介樣貌作結，亦論證另類媒介或多或少已進入當代作家的書寫中，尤其在現代詩中，媒介已敏銳且細微地牽引著銘刻技術的轉變。

第二章 雜訊：
《粉紅色噪音》與機器翻譯

一、不合時宜的幻想媒介

　　經典的媒介史敘事致力於將媒介發展納入線性歷史中，視媒介為持續進步的發展，為主流媒介建構出輝煌的神話，而忽略隱藏於洪流中的另類媒介。媒介考古學家承繼傅柯（Michel Foucault）的斷裂史觀，反對連續性敘事，積極探索那些異質性的媒介，正如齊林斯基（Siegfried Zielinski）所言：

> 媒體的歷史，並不是從原始的東西發展到複雜的複合的東西這種全能趨勢的表現。以事物目前所處的狀態而言，我們未必就達到了在古爾德所說的「卓越」意義上盡可能最優的狀態。[1]

　　齊林斯基質疑這種「當下即是最好」的媒介史觀，並在其代表作《媒體考古學－探索視聽術的深層時間》中考察了眾多曇花一現甚至是僅存於紀錄中的媒介設想，例如古希臘的身體毛細孔論述、文藝復興時的魔術光學實驗、20世紀初俄羅斯的機械詩等等，對於媒介的奇聞軼事照單全收，以探討媒介的內部機制與消失的原因，

---

[1]　西格弗里德‧齊林斯基：《媒體考古學——探索視聽術的深層時間》（北京：商務印書館，2006年），頁48。

並挖掘對現今與未來的幫助。

　　而這種尋訪異質性的方法，齊林斯基稱之為「媒介變體分析」，試圖從新的視角看待科技與藝術間的交互關係，並將這些另類的「幻想媒介」分為三類：1.不合時宜的媒介（untimely media）：指的是設計的太早或太遲而被淘汰的媒介2.構思中的媒介（conceptual media）：指仍在構想中，而尚未付諸實踐的媒介3.不可能的媒介（impossible media）：指的是不可能實現，卻會影響我們思維的媒介。[2]

　　在此視角下，《粉紅色噪音》中處在暴力拆解狀態的語言形式顯然是個有趣的時刻。科技的日新月異使得「不合時宜」的翻譯軟體Sherlock早早於2007年底便從歷史舞臺淡出，且就算能夠存活下來，也會因為更豐富的語料庫或者新一代的神經翻譯系統（NMT）改變了翻譯結果。如今，我們已難以復現那暴力的語言姿態，也由於其「失敗」，Sherlock漸漸從人們的記憶中被遺忘。有幸的是，夏宇慧眼獨具地將她所暱稱的這位「機械詩人」記錄了下來，我們於是可以透過《粉紅色噪音》理解機器翻譯歷史中那新舊之交的媒介機制與人們面對此媒介的反應。

　　而幻想媒介的考察亦不然滿足於僅檢視當中的運作方式與功能，正如克塔藤貝格（Eric Kluitenberg）所言：「幻想媒介傳介了人們無法實現的慾望」[3]，意即我們同時也要思索人們如何將想像加諸媒介之上。在此，夏宇為了我們做出最好的例證，她不拒絕科技所帶來的變革，而是收編Sherlock的語言形式，從科技中發現另類的文學生機。

　　而除了機器翻譯之外，在此詩集中夏宇更導入另一個媒介作為

---

[2]　S Zielinski,"Modelling Media for Ignatius Loyola", in Kluitenberg E ed, *The Book of Imaginary Media: Excavating the Dream of the Ultimate Communication Medium* （Rotterdam: NAI, 2006), p. 30.

[3]　Eric Kluitenberg "On the Archaeology of Imaginary Media", J Parikka ed, *Media Archaeology: Approaches, Applications, and Implications* (Berkeley: University of California Press, 2011), p.320.

主要創作概念－噪音。如夏宇在後記所言：「那時正在聽一堆噪音低頻，很多很棒的聲音藝術，我一直想這種概念如果用到文字裡會變成什麼」，顯見詩人早已有意識地在創作之初便將詩集與噪音結合。而經檢視後可以注意到，「噪音」在夏宇詩藝中不單僅是一種詩文內容上的象徵，其所觸碰的層面更包含了創作過程、閱讀行為乃至物質性上的形式設計。其中的詩學核心，並非是傳統研究上文學流派、歷史背景或敘事技巧的承繼與轉換，而在於詩人對於噪音此一技術媒介的洞見，或者以基德勒「技術先行」的觀念來說，是在於「噪音如何塑造詩人的思維與牽動書寫的層次」。與此同時，此噪音詩學亦延展至後續的詩集中，成為了夏宇獨特的書寫姿態。

　　鑑於以上的思考，本章將先行談論數位媒介的分析方式，並梳理機器翻譯的歷史與內部的運行規則，探尋夏宇是如何「有意誤用」翻譯軟體，並以此作為閱讀《粉紅色噪音》的方式。之後，將透過從媒介考古學中噪音的相關討論，重新理解「噪音詩集」的意涵。而本文的核心意識在於考察Sherlock的「翻譯技術」如何作為文學之用，機器翻譯與噪音不僅成為創作工具與核心概念，亦拓展了中文語意的邊界，從更廣泛的角度來看，也應證了科技同時也是激發文學創造的重要關鍵。

二、《粉紅色噪音》的創作過程與數位媒介的分析方式

　　《粉紅色噪音》於2007年問世，在外觀上，本書不採用傳統書籍的製作方式，而是由透明的賽璐璐片組成，打造出絕無僅有、防水防潮甚至不會腐爛的「書」。[4]內容上則是三十三首詩的雙語版

---

[4]　成書之後，夏宇第一件事就是將它泡在魚缸與游泳池。參見：夏宇，〈後記〉，收錄於《粉紅色噪音》（臺北：夏宇出版，2007），無頁碼。另，由於《粉紅色噪音》並無頁碼，後文中若有引用書中內容便不再附註，但會於正文中清楚表示來源。

本，左半頁的英文以黑色字體呈現，右半邊則為粉紅色的中文，據夏宇自述，英詩的內容都是從無邊無際的部落格或網站中拾取的句子，之後再切成分行詩的形式，並透過翻譯軟體Sherlock譯成中文。

至於夏宇與Sherlock的相遇始於蘋果電腦的程式自動提醒，在某日點開程式後，詩人的目光隨即被其中的翻譯功能吸引過去，並隨手剪下一段英文句子交由機器翻譯：

一大群一大群的字自光的深處同時浮現，像不明飛行物體迫降，冷靜，彬彬有禮：

它是真實的──您能哄騙最佳在任性的pals和無精打采的親戚。您是一些種魔術師嗎？您知道是什麼您，並且那是所有那事態。有什麼無法是固定的。它在關於時間和這時候，讓貓在袋子外面。您被給了天堂般的緩刑。即使某人您愛真正地需要您也是。給予您醒來時數優先與眼睛往向前得到。在那以後，然而──很好，您真正地需要多少睡眠？能進行下去像一個漏洞在牆壁或聽對，它一定是，對什麼發生那裡，既使我仍然太沉默寡言的以至於不能知道任何東西──既使當我再認為所有那些我那麼窮地對待了，名字，安排，他們無用地等待我在雨中並且我來了，當我想知道什麼它意味，哀傷的日通過，繼續，死亡，所有痛苦，和狗仍然等待被哺養，嚴緊您睡覺，聲音，存在，發光，明亮的星期日航空的氣味剛才實際片刻，通過，通過，它是總是什麼它或，然後，曾經是那裡。

以中文為日常語言的使用者想必會對此段文字充滿各種疑惑，若是經歷過早期機器翻譯的人可能還會有種懷舊的感覺。這裡幾乎沒有一句是可以順暢理解的，充滿各種語意不清、字詞誤用以及無

意義的斷句。對夏宇而言，初入眼簾時也驚呼這段文字是「語言謀殺的第一現場」，文法規則彷彿被屠殺般消失殆盡，僅存字的屍體。

然而，夏宇並未如普遍的使用者般，發現Sherlock難以使用後便棄若敝屣，而是腎上腺素激發，又將愛倫坡（Edgar Allan Poe）的原文詩句貼了上去：

> I dwelt alone我單獨居住了
> In a world of moan在呻吟聲世界
> And my soul was a stagnant tide並且我的靈魂是停滯浪潮
> Till the fair and gentle Eulalie直到公正並且柔和的Eulalie
> Became my blushing bride-適合我臉紅的新娘
> Till the yellow-haired young Eulalie直到黃色頭髮的年輕Eulalie
> Became my smiling bride.適合我微笑的新娘

最後3行令我讚嘆：

> For her soul gives me sigh for sigh為了她的靈魂給我嘆氣為嘆氣
> And all day long和整天
> Shines, bright and strong亮光，明亮和強

如詩中的呈現，Sherlock不負所托地再度達成語言的謀殺，儘管將原詩文意大致上翻了出來，但「書寫」上卻以直譯的姿態省略或誤用了許多中文語法的虛詞，同時也捨棄了上下文的概念，如最後一句「Shines, bright and strong」的翻譯，第一個詞應是「閃爍」卻誤用成「亮光」，而後面「強」的用法也明顯忽視了語境，使得用字過於直接，完全無視原詩的氛圍。雖然如此，夏宇卻是為此目眩神迷，並連結到了當時她所著迷的噪音藝術，從Sherlock身上後

知後覺的發現了「文字的噪音」，並以此玩出了三十三首詩，再搭配透明的書頁，讓黑字與粉紅字互相疊合、交錯、干擾，「噪音詩」由此誕生。

若干學者初次面對此詩集時大都發出「不可讀」的感慨，如黃文鉅即直言《粉紅色噪音》「可讀性甚低（某些堅持現代主義的讀者甚至消極直言『可讀性接近零』）」，李癸雲也認為夏宇「變本加厲的遊戲，使得詩作越來越不可讀」。[5]而在望文卻步的另一面，也有學者選擇深入挖掘《粉紅色噪音》的意義，如奚密就從「噪音詩學」的角度切入夏宇的創作，肯定本書透過了「科技給予寫作的創造性」[6]；李宗慶則從解構主義著手，以《粉紅色噪音》為例證對創造性寫作與翻譯的問題進行批判性思考，透過英中的版本的迴圈閱讀，認為本書的翻譯方式激發了原本隱藏在能指之下的潛在感覺。[7]

而在閱讀《粉紅色噪音》時，翻譯後的文字內容之「表面」就具有許多有趣之處，如奚密就認為機械翻譯造就了「出人意料的原創性、幽默和新穎的表達文字」，如第二十四首的「檢查熱的小雞在吝嗇的游泳衣裡」，吝嗇一詞由skimpy翻譯而來，若由人工翻譯必定選擇該詞的「暴露」之義，但Sherlock卻選擇了最直白的譯法，其中的想像力使人會心一笑；又如第十首的其中一句，原文文意應是「但現在該是時候來整理了」（But now it's time to clean everything），不過機器翻譯選擇了「但現在是時間清洗一切」，使得詩句多了哲學的思考。[8]

---

[5] 黃文鉅：〈以破壞與趨俗：從「以暴制暴」到「仿擬記憶／翻譯的態」——以《●摩擦●無以名狀》、《粉紅色噪音》為例〉，《臺灣詩學學刊》15期（2010年7月），頁216；李癸雲：〈參差對照的愛情變奏——析論夏宇的互文情詩〉，《國文學誌》23期（2011年12月），頁67。

[6] Michelle Yeh, "Towards a Poetics of Noise: From Xia Yu to Hsia Yu", *Chinese Literature: Essay, Articles, Review* vol.30 (2008.12), pp. 178.

[7] Tong King Lee, *Experimental Chinese Literature: Translation, Technology, Poetics* (Boston: Brill, 2015), pp. 21-66.

[8] Michelle Yeh, "Towards a Poetics of Noise: From Xia Yu to Hsia Yu", *Chinese Literature: Essays, Articles, Review* vol.30, p.173.

然需要指出的是，除了表面外，對機器翻譯的「目眩神迷」尚有更大的原因來自於隱藏其下的「過程」，也就是從各式網站中剪貼而來的語料素材與翻譯軟體背後的執行方式，同時這看似難以預測的輸出成果從而使得夏宇「覺得它懂得詩的祕密任務」，若只藉由輸出後的文本來理解，便容易忽視背後的語言邏輯與此系統的其他部分，而其分析關鍵，須從數位媒介的角度來理解。

　　在《留聲機、電影、打字機》的序言中，基德勒認為現代的數位媒介越來越難以具體描述，媒介的內部機制被複雜與龐大的程式碼掩蓋，黑盒子（電腦）吞噬了「所謂人類」的痕跡，僅留下回憶與故事。[9]而在其興起的媒介考古學中，雖然基德勒本人也身體力行地對數位媒介表達出濃烈的興趣，但相較於電影電視等視覺性媒介，數位媒介仍是一個較少關注的議題。

　　典型媒介考古學所立基的物質基礎，勢必需要在討論數位軟體時進行轉向，原因在於只討論硬體是難以呈現數位媒介的內部機制。而為了理解翻譯軟體Sherlock，本文主要參考沃德里普・弗留（Noah Wardrip-Fruin）的〈數位媒介考古學：闡釋計算過程〉（Digital Media Archaeology: Interpreting Computational Processes）。在此文中，沃德里普・弗留以斯特雷奇（Christopher Strachey）所發明的「情書生成器」為案例，提示了數位媒介的研究方法：

> 普遍來說，數位媒介領域必須開始努力解決其系統中嵌入的想法。在數位藝術領域工作的人，常常是從編碼過程展開工作（他們的靈感來源John Cage到當代電腦科學），而這些是表面上看不見的。……而在其他領域，我們雖習慣於仔細地研究系統的每個部分，以試圖理解它們的基本邏輯，但這在軟體領域卻很少發生，原因是軟體內部的邏輯在於明確的編

9　　弗里德里希・基德勒：《留聲機、電影、打字機》（上海：復旦大學出版社，2017），頁2。

碼過程。隨著媒介考古學和軟體研究等領域的工作持續深入，我希望我們能開發出一套方法和實例，讓這個長期缺乏歷史好奇心的領域變得更加有趣。[10]

沃德里普・弗留在他的實踐中補足了數位媒介的探索方式，重視的是「編碼過程」，視其為檢視數位媒介的重要線索，需要了解的是軟體編碼之初的設計邏輯，並將情書生成器以數據輸入、表層輸出與操作過程分別討論，而這也將引導為本章討論翻譯軟體的進行方式。本節接下來即將要解析機器翻譯的執行過程，以作為詮釋的起點。首先，我們可以先從機器翻譯的歷史著手。

三、機器翻譯的運行規則與誤譯的書寫

機器翻譯的誕生可追溯至17世紀，由笛卡爾（René Descartes）提出的世界語言（universal language）概念為始，但當時只停留於概念層面並未發展為實際的科技。直到1954年，喬治城大學試驗將六十句俄語句子自動翻譯為英文，由於冷戰影響，此項試驗受到美國軍方高度重視，遂投入大量資金進行發展。然而當時的實驗其實並不是真正的成功，此試驗所使用的語法規則與詞彙都非常簡陋，且研究者在實驗前也已排除了會造成翻譯不順暢的句子。

雖然當時的研究者宣稱機器翻譯會在三到五年內成功，但顯然錯估當中的困難度，導致發展非常緩慢。於是美國政府在1966年後，採納了美國國家科學院的報告，機器翻譯暫停了研究工作。儘管官方出資的研究被取消，然而民間公司對機器翻譯的興趣仍然濃厚，不過仍未取得重大進展，直到計算機科技蓬勃發展與普及後，

---

[10] Noah Wardrip-Fruin, "Digital Media Archaeology: Interpreting Computational Processes", in E Huhtamo, J Parikka ed, *Media Archaeology: Approaches, Applications, and Implications* (2011), pp.320.

人們又重拾對機器翻譯的興趣，並用於企業間的日常文件或工具書的翻譯，而其中的重大發展是計算機的統計式機器翻譯（Statistical Machine Translation，SMT）的採用，翻譯正確率才開始顯著提升。[11]

《粉紅色噪音》中的Sherlock翻譯軟件是自2002年開始運行於蘋果的macOS系統上，並以Systran公司提供的軟體來提供翻譯服務。雖然2007年後Sherlock就隨著作業系統的改版而移除，但Systran仍持續發展至今，因此我們可以從Systran的編寫規則回推Sherlock的內部機制。另外，Systran是最早發展機器翻譯的系統之一，前述所提及的美國政府投入之機器翻譯研究系統即是Systran的前身。

而一開始的機器翻譯是結構主義的產物，以當時語言學的成果作為背後的運行規則，Systran最早所採用的即是基於規則的機器翻譯（Rule-Based Machine Translation，RBMT），這也是之後數十年來機器進行翻譯時的雛型。其翻譯方式是先將原語言切成最小的單位詞，再根據語料庫，將詞翻譯為目標語言，之後再藉由語法規則重新組成。

然而，這種翻譯方式也有許多問題。首先，是RBMT的資料庫僅能建構出最初級的辭典對照，且由於是以詞為單位進行轉換，機器無法理解上下文的所造成的意義改變，因此內建的語料庫無法應付所有單詞的歧異，除非有語言學家針對個別單字預先輸入所有可能的情況，但這種作法窮極一生也難以達成，使得只有部分高頻率常用詞有做到較準確的翻譯；其次，若原語言與目標語言文法規則差距過於複雜，在沒有對應文法的狀況下機器會選擇直接翻譯或者是誤會其中的文法，《粉紅色噪音》中就有許多英文文法邏輯的中文詩句，例如第二十三首的其中一句My hand has become an obedient instrument flying of a remote will，Sherlock翻為「我們的手成為了遙控

---

[11]　Jonathan Slocul, "A survey of machine translation: Its history, current status and future prospects" *Computational Linguistics* Vol. 11.1 (1985.3), pp.1.

的服從的儀器飛行將」，其文法的轉換可謂非常粗暴。

在電腦普及後，SMT開始應用於機器翻譯上。此理論模型最早在1949年由韋福（Warren Weaver）基於香農（Claude Shannon）的資訊理論所提出的，但在1993年後才由IBM的研究者進行具體實踐。與RBMT不同的是，SMT透過大量數據的語料庫為基底，不強制將原語言切成最小單位，而是先參考語料庫的既有資料做出「基於短語」的分析，在統計目標語言的出現次數後選出最高出現機率的翻譯。這樣的翻譯方式雖可大幅減少具有一字多義情形的誤譯，並在短語、專業術語等翻譯有明顯成效，然而其困難度也顯著提升，不像RMBT依靠幾本辭典，SMT語料庫的建立更加費時費力，縱使有網路的幫助，若原語言與目標語言間的翻譯數據太少，成果就與直譯法無異，且依然無法判斷長句上下文，只能信而不達。

至於2007年左右的Sherlock，根據Systran的官網所提供的歷史來看當時所採用的編程仍是RBMT，直到2010年後大部分的機器翻譯軟體才加入了SMT的運行規則，翻譯正確率才有著大幅度的成長，這也促使《88首自選》中重翻的詩句有許多與《粉紅色噪音》不同之處。另外，在檢視《粉紅色噪音》的詩句後，可以發現具有同樣英文單詞但不同中文翻譯的例子，例如常用詞time就有「時代」（第一首）、「時間」（第十首、第十五首、第二十三首）、「時刻」（第十七首、第二十六首）與「長期」（a long time，第三十三首）的譯法差異，這表示雖然是使用RMBT作為背後的運行規則，但在常用詞中，Systran的語料庫仍有盡力地以人工去補及，然此時期的Sherlock仍然不足以應付大部分的歧異，導致書中幾乎所有的詩作都以直譯為主。

不過也因如此，Sherlock的翻譯技術從某種程度上來說是可控且可預估的，其原因在於不太常變動的語料庫，不若SMT採取的機率選擇或近年來導入人工智慧深度學習的NMT，RBMT雖然也具有偶然性，如初次翻譯時其所選擇的詞彙通常無法得知，但若深知其

語法規則即可以大致判斷出翻譯後的樣貌，我認為這也提供了詩人後續重新編排與組裝詩句的便利性。

從以上的爬梳可以知道，機器翻譯一開始的作用是為了運用於冷戰時期，給予前線作戰人員即時的資料翻譯。而在冷戰結束後，機器翻譯開始受到企業重視，以滿足日常文件或使用說明書等的翻譯。到了21世紀後，機器翻譯開始運用於輔助人工翻譯、教學以及編修之用，以提高人工翻譯的效率。[12]然而，文學類的翻譯仍然是機器翻譯的禁區，原因在於文學中有大量隱喻或象徵性用法，詞意往往並非是直觀上的意義，且在現代分行詩中，由於機器翻譯設計上是用於段落式的翻譯，詩句的切割經常會造成機器翻譯出更多的錯誤。

根據麥克魯漢對於媒介的觀點：媒介是人的延伸，[13]機器翻譯發明之初到現在都是為滿足立即性地跨語言的交流，可說是延伸了人類中央神經系統本身，試圖將曠日廢時的語言學習與人工翻譯所需的時間消除。然而媒介往往並非是從一而終地僅會用於一種用途，幻想媒介的研究指出了這個事實，對媒介偶發的「有意誤用」，總是伴隨著人們對新興媒介影響到舊有生活時所產生的特別意識。[14]就像夏宇在《粉紅色噪音》中〈後記〉所言：

> 你可知道我對電腦和網路從來沒有太多感覺，任何虛擬空間引起的交感幻覺遠不如一個寫得搖搖欲墜險象環生的句子。但我感覺現在有一個新羅曼史開始了與這自動翻譯軟體我的機械詩人。

經歷了數位時代的變革，新媒體所帶來的新鮮感官體驗雖並

---

[12] 史宗玲：《電腦輔助翻譯：MT&TM》（臺北：書林出版，2004年）。

[13] 麥克魯漢著、鄭明萱譯：《認識媒體：人的延伸》（臺北：貓頭鷹出版，2015年），頁37。

[14] 施暢：〈視舊如新：媒介考古學的興起及其問題意識〉，《新聞傳播研究》2019年7期，頁42。

未給予夏宇太多感受，然而在科技逐漸步入生活後，卻在翻譯軟體Sherlock中發現了詩的另一種可能，可將詩的秩序以「非人」的狀態重塑，由此興起與科技共譜「新羅曼史」的想法。

作為一個精益求精的技術媒介，機器翻譯的開發者皆致力於更準確的翻譯，想方設法將機器的痕跡予以抹除，從線性史觀的角度來看，如今的機器翻譯已透過AI的幫助有了大幅度的進展，2007年前後的機器翻譯可謂是過渡性的成品，至多只能用於最簡單的短語翻譯，且還無法保證品質。換言之，Sherlock是遲早要被淘汰的不適用媒介，夏宇卻嗅到了其中的潛力：

> 你知道嗎這個自動翻譯軟體最令我嘖嘖稱奇的是那種漫不經心完全無意識。那是語言的完全解放，那是語言的解放神學／語言的神學解放。那種無意識，除非是瘋的，除非是強烈的藥物反應或什麼別的否則到達不了。

要在詩作中達到「漫不經心完全無意識」、「語言的完全解放」，夏宇認為這只有在去除人的意識後才有可能，但Sherlock卻僅需短短數秒便能辦到。值得注意的是，這些「完全解放的語言」原本是研究者欲除之而後快的「不自然」，但夏宇發現它的藝術價值，尤其是對這位機器詩人所拓寬的語意理解之邊界給予莫大肯定。

翻譯軟體是如何達到這項成就的？透過前述媒介內部機制的簡介，我們可以知道2007年前後的Sherlock執行進程主要參照的RBMT之運行規則，而當中科技無法仿擬的「人」的語言思維破壞了詩的現狀，我們可以從此編碼過程中的「缺乏」，發掘詩句解讀進路的可能與中文的另類用法。

在檢視文本後可以發現，夏宇在詩句上的選擇其實具有強烈的目的性，無論長短，都不會有詩作是沒有「誤譯」的，有的詩句

經機器翻譯的洗禮後昇華成另一個意涵，有的詩句因直譯誕生了新的意象，也有的詩句雖是正確翻譯卻又因其它句子文意的改變而帶出另類詩意。例如第二首〈我不知道它發生我來是那麼舒適〉（I don't know when it happened that I came to be so comfortable）：

Thanks to everyone for their thoughtful email

Comments and phone calls

Hot soup, soft bread, mashed potatoes and —

Genius of all genius — stuffing. Thanksgiving stuffing

No one ever suspects the Thanksgiving

Stuffing

Warm, mushy and savory

I'm actually anxious about the whole thing

The horror stories alone from my Monday

Morning meeting were enough to turn my stomach and

Make me think that maybe I could live with the headaches

For the rest of my life if it didn't mean skipping out

On this delightful rite of passage

Luck and love really are on my side

I don't know when it happened that I came to be so comfortable

Being naked in front of strangers

鳴謝：由於大家他們周到的電子郵件

備注和電話

熱的湯，軟的麵包，土豆泥和——

所有天才天才——充塞。感恩充塞

沒人曾經懷疑感恩

充塞

溫暖，糊狀和美味

我對整件事實際上是相當急切的

恐怖故事單獨從我的星期一

早晨會議是足夠轉動我的胃和

使我認為我能與頭疼可能居住

在我有生之年如果它沒有意味跳過

在段落這個令人愉快的禮拜式

運氣和愛真正地是在我的邊

我不知道它發生我來是那麼舒適

是赤裸在陌生人前面

　　奚密曾言，夏宇雖然在訪談中說她對《粉紅色噪音》的主題毫無興趣，但詩中仍有反覆出現並互相連動的主題，這分別為：性與愛、生活及藝術。[15]而在這首詩的英文版本中，性意味其實非常淡薄，詩句前半部環繞著感恩節的火雞大餐以及對填料的讚嘆，後半部也只是描寫對感恩儀式的喜悅，唯一奇怪的是最後一句Being naked in front of strangers，雖然有些許的性意味，但解讀上也可以將naked理解為「坦白」、「毫無掩飾」，意指就算在陌生人面前也會毫不掩飾表達對感恩節的喜愛。

　　而在機器翻譯後，解讀的傾向卻明顯從飲食習俗轉變成情色書寫。如Thanksgiving stuffing一詞的翻譯，這明顯是由於語料庫中並無相對應的詞組，遂將兩個詞拆開來，並選擇了最常出現的「感恩」與「充塞」，而非英文字義上的「感恩節（火雞）餡料」，其中，「充塞」一詞便使得性意味油然而生。至此，中文詩句的鋪衍已開始與感恩節無關，導致後續的詩句產生不一樣的意義，機器翻譯選擇的字彙繼續強化對性愛描寫的傾向，如原本形容火雞填料的

---

[15]　Michelle Yeh, "Towards a Poetics of Noise: From Xia Yu to Hsia Yu", *Chinese Literature: Essays, Articles, Review* vol.30, p.174.

「溫暖，糊狀和美味」也因前述關鍵名詞（火雞餡料）的缺席，使理解上變成是對體液的感官描寫，而「我對整件事實際上是相當急切的」也變成對於性愛的渴望，最後原本英詩中稍嫌奇怪的最後一句，在中詩版本也順理成章地指涉為確確實實的赤裸。

歧異性雖說是所有詩的特徵，但在《粉紅色噪音》中卻是以機器翻譯的內部機制凸顯出來，並非來自詩句的內部性因素，就如夏宇的評論：

> 它一個詞一個字亦步亦趨地「翻譯」可是譯文給予不了穩定的意義，它沒有承諾，它彷彿是停滯的，言辭一直發生，但是它並不前進。它並沒有要帶你去任何地方，它不停地維持現狀卻又不停崩潰，一句一句崩潰後卻也就忽然到了某一所在，多麼奇異啊這空中滾翻！而它又是投射的，別忘了它是被翻譯出來的，它有一個相對的口齒伶俐的原文，並非無中生有，像我們念茲在茲的所謂「創作」。

如前例所述，這首詩每一個詞每一個字都是有所本，機器只是「如實」的將英文詩換成另一種語言，但卻又因科技水平的「缺陷」而「不停地維持現狀卻又不停崩潰」，可是在執意／直譯到最後又「忽然到了某一所在」，凸顯原本不明顯的意象。

而從機器翻譯造成閱讀意象改變的角度來看《粉紅色噪音》的話，可以發現性意味是詩集中最常凸顯的主題，此種解讀上的轉變與陳黎的〈一首因愛睏在輸入時按錯鍵的情詩〉有若干相似之處，以一種諧擬的狀態對愛情進行反諷，又如第六首〈他們很快再總互相喜歡〉（They always liked each other again soon）：

They always liked each other again soon just as they did before
This only made them like each other all the more

That's because it often rained without measure
They did so only when it poured

他們很快再總互相喜歡如同他們以前做了
這更加只做了他們像彼此
那是因為沒有措施經常下了雨
他們如此只當它傾吐了

　　從英文來看這首詩幾乎沒有任何性意味，語句也非常簡要，僅平凡枯燥地講述一對舊情人在大雨中的相遇，並又再度「互相喜歡」。然經Sherlock的洗禮後，很明顯可以看出有些動詞被強調了，如第一句的They always liked each other again soon just as they did before，最後面did指的是同一句的like這個動詞，為一種常見的助動詞用法，用以取代重複的動詞，在人工翻譯時往往會省略did譯為「他們總是很快又喜歡上彼此就像以前一樣」。然而，RBMT不明白這個規則，它忠實的讓「做了」出現在語句中，這個詞在中文語境，尤其是如詩句所呈現的愛情的關係中，則經常往性意味靠攏，使得中詩文意開始與英詩截然不同。而後第三句的measure一詞，根據上下文來判斷，應是形容下雨以表達無「限量」的雨量，然而在RBMT語法規則的結構中，由於翻譯中文時without的用法經常是將其挪自主詞之後，因此機器翻譯便將measure挪至中文句子中間，並且選擇了字典內可能是唯一的「措施」一詞，讓中文使用者容易聯想到性行為之間的「安全措施」，連帶使得後面的「下了雨」、「傾吐了」容易解讀為性行為時汗濕淋漓與射精的意象。

　　從兩個例子可以看出，語句的解讀順應著不同的能指而改變。在此，德希達所言的「延異」因此被提點出來，李宗慶即曾分析過，夏宇透過了機器翻譯，「把『意義』從原語言能指的約束中解

放出來，並破壞了『意義』的意義」[16]，即藉由創作過程，強調意義的發生並非來自能指與所指的武斷關係，而是在一連串能指的對比中產生，就算「有一個相對的口齒伶俐的原文」，然意義非來自所指，因機器翻譯的「直譯」改變能指乃至語境，激發出新的解讀。

另外，尚有詩作充分運用翻譯軟體無法判斷上下文的特性，破壞「書寫」的常態，如第二十首的〈我是一位關於沒什麼專家〉（I am an expert in nothing）中，即是利用機器翻譯無法應付分行詩所造成的閱讀斷裂來創造詩意：

> Yes, please send me a biweekly
>
> Newsletter filled with diets
>
> Workouts and weight loss
>
> Secrets, yes, please send me
>
> Special offers, promotions
>
> Coupons and free
>
> Samples from the sponsors
>
> Yes, I'll answer the questions below
>
> To determine my eligibility for this
>
> Study, if I'm not searching
>
> For myself I'll answer these questions
>
> On behalf of the person
>
> For whom I'm searching
>
> All information that I enter will remain
>
> Private, I'll want to give it time
>
> To brew

16　Tong King Lee, *Experimental Chinese Literature: Translation, Technology, Poetics* (Boston: Brill, 2015), pp.34.

Yes, technology
Is a beautiful thing

是，請寄發我雙周
時事通訊被裝在飲食
鍛鍊和減重
祕密，是，請寄發我
特價優惠，促銷
贈券並且免費
樣品從贊助商
是，我將答覆問題如下
確定我的適用性為這項
研究，如果我不尋找
我自己我將答覆這些問題
代表人員
我尋找
所有資訊我進入將保留
專用，我將想要給它時刻
釀造
是，技術
是一件美好的事

　　從英詩來看，本作大部分都是垃圾郵件中常見的敘述如周刊資訊、促銷廣告、研究問卷，而在分行詩的斷句下，無法理解前後文的Sherlock遂將中文詩切碎的幾乎無法閱讀。我的觀察是，此為夏宇的有意為之，本詩與其他詩作不同，連英詩部分都因頻繁的分行而形成無意義的停頓，並使得翻譯後的敘述類似機器音的口吻破碎而不連貫。但與此同時，本詩最後又留下三句不那麼破碎的詩句，

將讀者注意力放在此處，一種媒介技術與閱讀行為交互運用的效果孕育而生，以「釀造」一詞中的等待意味，強調發酵即將成熟，並隨後點出「是，技術／是一件美好的事」，以科技對文學的美好啟示收尾前面詩句的鋪陳，這不只指出了詩語言上創造性意義，也顯現了科技進入生活與書寫的滲透趨勢。

四、機器翻譯的歧譯之用

　　除了解讀進路上的改變，機器翻譯對中文的暴力拆解，在破壞語言邏輯之餘，同時也為中文語詞創造出另一種「似曾相似」的用法。例如前述例證所提及的〈我不知道它發生我來是那麼舒適〉一詩，當中turn my stomach一詞的中文常見翻譯為「令我反胃」，然而機器翻譯由於未內建此資料，遂逐字翻譯成「轉動我的胃」，用更激烈與具體的動作將對早晨會議的厭惡展現出來；至於I could live with the headaches一句，live with即具有「忍受、接受」的含意，但機器翻譯並未察覺到而直翻為「我能與頭疼可能居住」，以罕見用法在中文語境中為頭痛帶來擬人的詩意；而最後一句的Being naked in front of strangers，由於兩種語言間並無相對應的文法，從中文的閱讀習慣來說應為「在陌生人面前赤裸」，但機器翻譯直譯為「是赤裸在陌生人前面」，這突兀的動詞提前使得人們閱讀時語句斷裂，卻也進而強調了「赤裸」的用意。

　　這是以原語言的邏輯或文法規則而創造的字句，進而將中文語意理解的邊界推到極限，一如夏宇所言：

> 中文古老它奇特的自由與時俱進卻好像還沒有底線，它可以寫得像西方語法，它可以寫得像英文像法文像日文還是可以理解，但是反過來，那些語文大概無法寫得像中文還可讀可感。我就是不停想試中文的延展性，想把它的地平線推得更

遠先畫上虛線。

　　機器翻譯不通暢且違背日常規則的語言，實為「延展」中文理解的可能性，一方面在於中文文法上的自由，另一方面則源於機器翻譯的非人思維，凸顯了語言規則制約下被隱藏的中文用法。從此角度而言，此過程也與寫詩的狀態一致，詩人的創作過程往往也在琢磨語言的陌生化，只不過機器翻譯的成果更加暴力，透過英文的文法與片語，導出的是僅存留一絲邏輯的「可讀可感」詩句，雖然充滿了困惑，然驚奇也伴隨而來，在詩中留下了媒介的身影。

　　我們可以先從RBMT的邏輯中理解受媒介牽引的詩句樣貌。在RBMT中最大的困難就在於無法理解上下文脈絡，並且只會對應辭典內的單一翻譯，無法根據語境做出改變，但也因此，Sherlock在翻譯時經常選擇出令人眼睛為之一亮的字彙，這在夏宇的操作下充分表現出來，例如第二十八首〈親吻每個人員她見面因為大家是好的〉（Kissing every person she meets because everyone is good）：

　　　A grown up woman has to try to
　　　Look like a little schoolgirl as long as possible
　　　There's an eager little kid inside her
　　　Who's dying to get out and play
　　　Distant shores beckon
　　　Feelings run deep－so deep
　　　Only because she loves and feels sorry for people too much
　　　I don't believe she has a moral obligation
　　　To share the dirty details with every "one-night stand" she meets
　　　At seminars, truck stops, celebrity weddings, and so on

　　　一名長大的婦女必須設法

看起來像小女小學生那裡越久越好
是一個熱切的小孩在她裡面
急切出去並且戲劇
感覺運行深深——那麼深深
只因為她愛和感覺抱歉為人太多
我不要相信她有道德負債
共享骯髒的詳細資料與每個「一夜立場」她見面
在研討會、卡車停留站、名人婚禮等

　　從英詩來看，本詩即是描述一名愛情觀不同於常人的女子，盡可能地表現自己是名渴望的孩子，荒淫地並與眾人發生一夜情。而在機器翻譯後，文意上大致沒變，然而機器所選擇的字彙卻有種出乎意料的清新，例如moral obligation一詞，中文經常理解為「道德義務」，然詩中的呈現卻是「道德負債」，反而多帶了批判世俗禮教的意味；而英詩第四行的play一詞，結合上文小女孩的說法應指涉為「玩樂」，然翻譯上選擇的卻是「戲劇」一詞，點出了愛情中的虛情假意；而奚密也曾指出，"one-night stand"的「一夜情」被翻譯成「一夜立場」，此立場一詞使得速食愛情的價值觀變成正襟危坐的立場，從而合理化一夜情的行為。[17]在此，英文一字多義之間的關聯性被凸顯，然而此關聯並非存於中文的文化脈絡中，使理解上轉變為新鮮的意象，釋放出原不存在的語言邏輯。

　　而在中文邏輯中，單一個字就具有其意義，這在文言文書寫中特別明顯，但在白話文或日常對話中，經常會選擇至少兩個字搭配的詞來表示意義，以防單一字的歧異。然而機器翻譯由於是將原語言句子切成最小單位，再進行詞對詞的轉換，並不會注意到是否能順暢地與前後連接的詞對應，因此經常產生「省略」過後的詞，如

---

17 Michelle Yeh, "Towards a Poetics of Noise: From Xia Yu to Hsia Yu", *Chinese Literature: Essays, Articles, Review* vol.30, p.173.

第一首的「很不同和甜」中的sweet；第四首中「色的花」的colored flower；或是第二十首的「我們獲得一些濕和狂放」中的wet，這些單詞的省略彷彿回歸到文言文的書寫，雖放在白話文語境中有些突兀，但這種文白交雜的詩句正如夏宇所言展示了中文一種神奇的延展性，且在某種程度上甚至可以用於將多種含意包容於一個字中，如前例所舉的「色的花」，除理解為五顏六色的花朵，也可視為帶有「色情」、「色慾」的意味，點出另一種造就歧異的可能。

　　同時，彼時機器翻譯對於片語或諺語的翻譯並未完善，雖然在長年的語料庫補充後正確率緩緩提升，然語言的日新月異以及設置過程耗時耗力，從而使得RBMT仍無法對大部分片語或諺語直接做出根據語意的翻譯。然而在詩集中，雖然直譯僅表達出原語言字面的意義，但這些用法在中文語境中也因少見而形成新的意象。例如第五首的詩名〈詞未通過我〉（Words fail me），按照語意因理解為「無言以對」，但直翻的「詞未通過我」讓「詞」以動態方式形象化其意義，同時也展現「詞」的物質性，反而帶給讀者新穎的感受；還有第二十六首的〈我過去常認為它不是好那麼經常寫〉（I used to think that it wasn't good to write so often）的第一節：

> If you don't mind our saying so:
> Feeling stuck in a rut
> Or mired
> In some habitual ways of thinking?

> 如果你不介意我們的說如此：
> 感到黏附在車輪痕跡
> 或捲入持久戰
> 用一些日常思維方式？

第二句的stuck in a rut是一個日常片語，用以指涉墨守成規或一成不變，在機器翻譯後卻成了「黏附在車輪痕跡」，這樣的翻法反而比常見用法更加精妙，使得狀態多了一份具體的描述。而後第三句的mired一詞，原是指陷入，通常表達「陷入困境」，但機器翻譯卻選擇「捲入持久戰」，以這樣的用詞形容感情中的雙方，也比「困境」更加貼切，開發出新的聯想。

　　而過往機器翻譯所運行的語法規則主要以語言學家的研究成果為依據，然而語言的規則多而複雜且與時俱進，不同語言間也不一定會有相對應的文法，將促使機器翻譯會依照原語言的語序結構進行翻譯而不重組，或者是誤會了原語言的文法規則，這在嚴重時甚至會形成無法閱讀的目標語言。然而，中文的結構帶有種奇異的彈性，使得語句就算順序詭異仍是「可讀可感」，且在某些情況下，新的語序甚至具有更精妙的敘事。例如第三十二首〈事似乎得到壞在它們得到更好〉（Things seem to get worse before they get better）：

　　　　Things seem to get worse before they get better

　　　　When, from a long distant past, nothing subsists

　　　　After the people are dead, after the things are broken and scattered

　　　　She poised herself on the balance beam gracefully

　　　　And he waited with his fingers poised over the keys

　　　　Who's ready to remind us

　　　　Amid the ruins of all the rest

　　　　Everything vanishes around me

　　　　And works are born as if out of the void

　　　　Ripe, graphic fruit falls off

　　　　My hand has become an obedient instrument flying of a remote will

當，從長式遙遠的過去，沒什麼維持生活

在人是死的之後，在事是殘破和驅散之後

她優美地保持了平衡自己在平衡木

他等待了與他的手指保持平衡在關鍵字

誰準備好提醒我們

在所有休息之中廢墟

一切消失在我附近

並且工作是出生好像在無效外面

成熟，圖像果子掉下

我們的手成為了遙控的服從的儀器飛行將

　　這首詩的詩名Things seem to get worse before they get better，奚密曾指出，按照文意應該翻譯為「事情似乎會在變好之前更壞」，然而當按照字面翻譯且不重整結構時，中文語序理解變成「事似乎得到壞在它們得到更好」，使得文意全然不一樣，但也更值得令人深思。而倒數第二句Ripe, graphic fruit falls off，此處逗號用法主要是為了區分ripe和graphic fruit，在中文語境往往會忽略此處的逗號，翻譯為「成熟的圖像水果掉下」，但機器翻譯卻將此保留了下來變為「成熟，圖像果子掉下」，讓詩句斷裂，卻也創造了強調的效果。

　　綜上所述，翻譯機器的內部規則成為為一種新語言形式的創發，雖然在《粉紅色噪音》中仍然有許多難以無法閱讀的詩句或字彙，尤其在虛詞的誤用上更常讓人摸不透其意，然2007年左右的機器翻譯背後之運行規則仍展示了機器翻譯成為了《粉紅色噪音》激發詩意的最大推手，並為此書賦予了一個嶄新的閱讀方式，促使讀者必須從中英詩的差異發現樂趣，夏宇充分展示了機器翻譯的機制與創造力，提點了來自科技的創作進路，也凸顯了跨文化語境的思維邏輯，進而在中文現代詩中顯露其詩意風采。

五、雜訊漫漶：噪音特徵與《粉紅色噪音》的物質性

在前面幾節，本文主要關注的是夏宇如何運用機器翻譯媒介，以改變讀者的閱讀行為，並勾動書寫的層次。在本節，視角將轉向貫穿《粉紅色噪音》全書乃至夏宇創作史的「噪音」之意，探詢「噪音」是如何塑造《粉紅色噪音》的書本形式、內部結構，乃至對文學與科技間關係的啟示。

作為一本「噪音」，此詩集從表面上便切合了對噪音的普遍認知，在透明賽璐珞片的影響下，使得讀者閱讀時產生不小的障礙，若無在書頁間墊紙，所有文字便會層層交疊、互相混雜，一如令人煩悶的噪音般遮蔽一切。而《粉紅色噪音》剛出版時，記者曾向夏宇詢問書名的「粉紅色噪音」是什麼意思，夏宇只淡淡說了一句：「自己上網查吧」，而當時記者得出的答案是「一種可以遮蔽環境中說話聲的噪音」。[18]這是來自聲學的術語，以光譜上顏色的不同波長，依序為相應Hz範圍的噪音命名，其中白色噪音因能量均等，因此是最常使用的遮蔽音，以蓋住周遭吵雜的聲音，粉紅色噪音則經常用於遮蓋說話聲。這個說法也體現在此詩集的再版後記中：

> 2007年初版的粉紅色噪音如果設定為C大調
> 2008年再版粉紅色刷亮百分之十五設定為D大調
> 想像之後的每一版粉紅色愈加明亮噪音分貝持續升高
> 不知多少年後的第一萬零一本時
> 粉紅色噪音將變成白色噪音？[19]

---

[18] 丁文玲：〈夏宇詩集《粉紅色噪音》防水防噪音〉，收錄於《中時報系資料庫》（2007年9月16）。

[19] 夏宇：〈再版後記〉，《粉紅色噪音》，無頁碼。

如上所言，夏宇顯然挪用了噪音的聲學術語以作為再版的概念，暗示從原僅是遮蔽「個人」說話聲的粉紅色噪音逐漸擴展至「整個環境」的白色噪音。然必須指出的是，僅用聲學的概念來概括《粉紅色噪音》並不全面，將噪音作為形式上的創發尚有多樣面貌。

　　而在前行研究中，也大都認為從聲學上出發來理解「粉紅色噪音」是不太準確的。[20]為了深入理解噪音如何成為創作的概念，將先行解析噪音的媒介特質作為討論的基礎。

（一）噪音的媒介特質

　　關於現代英語中噪音（noise）的字源nausea，經語言學者斯皮策（Leo Spitzer）的爬梳，nausea一詞在文獻記載中有多種意涵，先是源自於古拉丁語的暈船、嘔吐或噁心，原本意指在船上不適的暈眩症，而後又延伸為厭惡、無聊。之後在《聖經武加大譯本》（Vulgate）中則有作為疾病或悲傷之意（anima nauseat），到17世紀哲學家帕斯卡（Blaise Pascal）的著作中，又從悲傷轉變為慟哭之意，並藉由「慟哭」本身的動作性，隨後又延伸為爭吵。而noise一詞的完成，則在17世紀中葉後，於一些文學作品中被用於那些令人不悅的「麻煩」，可能是爭吵、不和或紛亂，而這些詞中「大聲疾呼」的隱藏意涵於是開發了我們現代理解的「噪音」。[21]

　　而對噪音的重大發現則始自於1877年愛迪生（Thomas Edison）發明留聲機之時。在基德勒追蹤早期留聲機的文化技術時，便提及愛迪生所發明的留聲機不僅記錄了人類當下發聲的言語，連帶原本沒有注意的聲音如環境音、衣服的摩擦聲、斷斷續續的口水吞嚥聲都一併紀錄：

---

[20]　關於此處的爬梳已在緒論的研究與對話一節先行說明。

[21]　Leo Spitzer, "Patterns of Thought and of Etymology I. Nausea > of (> Eng.) Noise", *Word*, 1:3 (1945), pp.260-276.

留聲機並不像人耳那樣訓練得可以立刻從噪音中過濾出人的噪音、詞語和其他聲音；它只是原封不動地記錄聲學事件。在整個噪音頻譜中清晰的發音是處於次要地位的特例。[22]

　　由於留聲機的運作機制，忠實地記錄刻槽上的振幅，人們才驚奇地體認到平常那些所過濾的、令人感到麻煩的「噪音」。基德勒因此論定，相對打字機與電影，留聲機是拉岡理論下「真實界」的媒介，一視同仁地捕捉了「意外」與「雜訊」，連人們不知道的噪音都一併記錄。[23]

　　在此，基特勒的分析首先點出了噪音「無處不在」的重要特徵，噪音事實上早已充斥於生活周遭，只是人們經常聽而不聞。而自20世紀後，噪音的概念又被反覆運用於未來主義已降的聲音藝術以及夏農（Claude Shannon）所發展的資訊傳播學中。

　　義大利未來主義於20世紀初葉時萌發，文藝評論家馬里內蒂（Filippo Tommaso Marinetti）於1909年刊登的〈未來主義的創立和宣言〉可視為未來主義誕生的契機，並在之後於歐洲各地掀起波瀾，原以文學為基點，而後又陸續影響了繪畫、音樂、雕塑、電影等多種藝術。在〈未來主義的創立和宣言〉中，馬里內蒂以激昂的雄性語調歌頌著二次工業革命後的機械文明，他認為，由於科技的迅速發展促使了生活環境產生劇烈變革，人們對於空間及時間的認知被飛機、輪船、傳信技術等大幅縮短，無論是科學、交通、資訊往來乃至生活娛樂都與前個時代截然不同，於是傳統觀念已逝，新的時代來臨，人們的物質生活既然已改變，精神層面便澈底改觀，那舊有的藝術在未來主義者眼裡自然已經死亡。[24]

---

[22]　基德勒著，邢春麗譯：《留聲機、電影、打字機》，頁23。
[23]　基德勒著，邢春麗譯：《留聲機、電影、打字機》，頁17。
[24]　馬里內蒂著，吳正儀譯：〈未來主義的創立和宣言〉，收錄於柳鳴九主編：《未來

這是一個激進的藝術宣言，絕對的反傳統，揚言要摧毀一切的圖書館與博物館，對於暴力和戰爭的支持也不餘遺力，並認為這是「清潔世界的唯一手段」。而為了宣揚新的時代所產生的藝術，未來主義者崇尚的是速度與動力感（dynamism）的技巧展現，這可從其嚇壞不少當時藝評家的歪曲油畫中可以明顯看出。[25]而在內容偏好方面，則可以讀到許多「機械」的鑿痕，馬里內蒂及其響應者就在文學中描寫了許多奔馳的火車、航行的飛機或迴旋中的馬達，並運用許多諧聲字模擬機械所發出的聲音。總的來說，未來主義是致力於反映當時生活的藝術理念，並進行許多大膽且前衛的實驗，儘管常過於極端而荒謬，甚至是自我矛盾，但仍啟發了許多當代藝術家的創作。

與大多現代主義的運動一樣，未來主義雖以馬里內蒂為首但也催生了不少派別，多數的響應者往往是各取所需，並非全然是馬里內蒂忠實的信徒。在這當中，在聲音藝術不遺餘力的盧梭羅（Luigi Russolo）主要承繼了未來主義中「反映現代生活」的精神態度，這在1913年發布《噪音的藝術》（*The Art of Noise*）中可以窺見：

> 在大城市的喧鬧氣氛中與原本寂靜的鄉村，機器已製造出了大量各式各樣的噪音，以至於單純的聲音，無論多麼細小、單調，如今已無法引起人們的任何情感。……任何一種聲音都帶有一種已知道和已逝去的感覺，儘管有嘗試創新的作曲家們持續著種種努力，但聽者還是因此容易感到厭倦。我們都喜歡並享受著大師們的和聲，而多年來，貝多芬和瓦格納也的確美妙地震撼了我們的心靈。但現在我們受夠了，這就是為什麼我們在想像電車、汽車和其他交通工具的聲音，以

主義、超現實主義、魔幻現實主義》（臺北：淑馨出版社，1999年），頁44-50。
[25] 關於未來主義與繪畫及政治傾向之相關評論可參見彼得‧蓋伊著，梁永安譯：《現代主義：異端的誘惑》（臺北：立緒文化，2009年），頁454-455。

及人群的吵雜時，會比再聽一次英雄交響曲或田園交響曲時能夠獲得更多的快樂。[26]

在過去，生活的音景（soundscape）尚未被機械所製造的聲音入侵，人們所聽到的噪音最多只是自然災害的瞬間（如雷鳴、雪崩）。但在20世紀後，大量機械充斥於周遭，盧梭羅認為這些聲響雖然刺耳，但彼時人們的耳朵卻也逐漸適應了這些現代噪音，並因此開始對傳統樂器（小提琴、鋼琴或管風琴等）所能發出的單純聲音感到不滿足。

盧梭羅還引用了一首馬里內蒂寄給他的戰爭詩，詩中充滿著各種模擬戰爭聲響的擬聲字（如機槍、攻城大砲等），這些機械所生產的噪音令盧梭羅感到讚嘆，並認為這將是豐富人們音響體驗的利器。於是，盧梭羅提倡以機械所發出的聲響作樂，並控制這些機械雜音以及分析其中的音高，最後透過編曲試圖讓當時人心煩的噪音成為樂音。

雖然盧梭羅當年的表演引起不小反感，且設計的裝置如今僅存設計圖，但卻首次開啟了讓噪音進入藝術的門。到了二戰後，由於音樂廳的意義產生不可逆的改變，音樂不再是特定場所中才能演奏與聆聽的所在，許多藝術家們紛紛離開了排練室，從生活中的聲音尋求靈感。在這當中，來自美國的作曲家約翰‧凱奇（John Cage）的聲音藝術為後世留下深遠的影響。對凱奇而言，所有聲音一律平等，不管是說話聲、雨聲乃至飛機聲都能成為樂曲的一部分。[27]而其引起廣泛討論的聲音藝術作品〈4分33秒〉顯現了許多噪音的重要概念，在一場演出中，凱奇讓觀眾體驗了一首難以忍受的「音樂」，表演者僅是在鋼琴前不動長達四分多鐘，僅此而已，使觀眾在一無所知的狀況下被迫體驗「寂靜」。當然，這並非真正的毫無

[26] Luigi Russolo, *The Art of Noise*. (New York: Pendragon Pass, 1986), pp.24-25.
[27] 彼得‧蓋伊著，梁永安譯：《現代主義：異端的誘惑》，頁294。

聲音，咳嗽、衣服摩擦與因煩躁而發出的不耐聲此起彼落，這場表演的意義在於啟發對「噪音」的敏感度：這世界上根本沒有寂靜，到處都是噪音，一如留聲機問世當下人們對其所紀錄的「一切」而驚奇一般，而所謂樂音僅是被收編後一種的聲音。

　　凱奇雖然激怒不少人，但其前衛思想與大膽實驗也影響了許多人對噪音的探討，並延伸至其他領域。其中，法國的經濟學家與哲學家阿達利（Jacques Attali）在《噪音：音樂的政治經濟》一書中即深入了樂音與噪音的關係，並認為音樂史事實上即是將噪音收編、歸化並藉此創造新秩序的政治經濟史：

> 不是色彩和形式，而是聲音和對它們的編排塑成了社會。與噪音同生的是混亂和與之相對的世界。與音樂同生的是權力以及與它相對的顛覆。在噪音裏我們可讀出生命的符碼、人際關係。喧囂、旋律、不和諧、和諧；當人以特殊工具塑成噪音，當噪音入侵人類的時間，當噪音變成聲音之時，它成為目的與權勢之源，也是夢想——音樂——之源。它是美學漸進合理化的核心，也是殘留的非理性的庇護所；它是權力的工具和娛樂的形式。[28]

　　音樂與噪音的辯證在阿達利筆下被擴張至政治、經濟與社會的權力關係中，音樂不只是單純的生活點綴，其歷史發展背後更隱含了權力的軌跡，無論是製造新曲、和聲、音樂廳即與秩序的掌握及資本主義息息相關；而噪音，則是尚未組織的音樂，是權力的伊始。在此，噪音成為一種促使改變的象徵，它介入、混淆與破壞了原有的傳統和諧，但與此同時也體現了新秩序的誕生。夐密即以此概念延伸的「噪音詩學」象徵了現代漢詩的批判性，並詮釋胡適、

28　賈克‧阿達利著，宋素鳳、翁桂堂譯：《噪音：音樂的政治經濟學》（臺北：時報文化，1995年），頁5。

戴望舒、紀弦乃至夏宇詩作中的先鋒性，儘管擾亂了舊有成規，卻也開啟無限的可能。[29]

除了聲音藝術之外，奠基當代數位媒介的通信技術即與噪音模型以及降噪技術息息相關。根據媒介考古學者帕里卡（Jussi Parikka）的〈繪製噪音：不規則性、攔截與干擾的技術及策略〉（"Mapping Noise: Techniques and Tactics of Irregularities, Interception and Disturbance"）一文，噪音的作用已不僅僅是信號傳輸過程的干擾，自1980後的垃圾郵件、電腦病毒以及計算機工程都與如何控制噪音的技術密不可分，現代生活早已離不開噪音。[30]

而在資訊傳播學中，噪音的概念早在20世紀中期就已存在。香農（Elwood Shannon）資訊理論中提出的通信模型，即是以噪音的概念來理解通訊過程中的干擾，而其他的元素還包含了發信者、編碼、解碼、通道與收信者。[31]在這當中，當發信者傳輸資訊時，在通道中必定會收到噪音，如早期電視螢幕上閃爍的黑白條紋，這即是傳輸時信號失真的緣故。也因此不確定性是通信過程的一大特徵，但要注意的是噪音並非是負面的，不確定性往往是讓人們得以理解訊息的重要關鍵，例如日常對話就常有不確定性，當向人道晚安時，若沒有不屬於訊息內容的噪音（語境），我們就無法知道此句晚安是表示「我要睡了」還是單純的打招呼，或者說我們得以辨認電話中的通話者是誰，也是在於訊息之外的內容：口音、吞嚥聲、傳輸中所導致的聲音改變等。

但不確定性對於計算機來說卻是一個噩夢，這在於計算機無法判斷這是噪音還是訊息。直到二戰後控制論反饋模型的誕生，資

---

29 Michelle Yeh, "Towards a Poetics of Noise: From Xia Yu to Hsia Yu", *Chinese Literature: Essays, Articles, Review* vol.30, pp.161-178.

30 J Parikka, "Mapping Noise: Techniques and Tactics of Irregularities, Interception and Disturbance", J Parikka ed, *Media Archaeology: Approaches, Applications, and Implications*, p.261.

31 Elwood Shannon, "A Mathematical Theory of Communication", *The Bell System Technical Journal*,Vol. 27 (1948), p.381.

訊學家為了控制通道中的噪音，試圖以「冗餘」（redundancy）來解決噪音。所謂冗餘並不一定是多餘的內容，更像是對「干擾的干擾」或說「噪音的噪音」，通過重複、迴圈等方式尋找傳輸過程中的噪音，從而讓計算機判斷何者為正確的訊息，使收信者能獲取完整資訊。

然而，控制論反饋模型的應用也點出了噪音「無法消除」的特徵，我們雖然可以得知干擾從何而來，但也只能以相應噪音源的濾波器降低干擾，藉由冗餘對抗隨機。不過，冗餘在此雖成為一個降噪的方式，但隨著網際網路的蓬勃發展，日後冗餘也成了技術媒介噪音的其中一環，如現代人煩惱的垃圾郵件與電腦病毒即是編碼過程的冗餘應用。

香農的目標在於尋找最有效的信息傳輸方式，而其繪製的模型也使得噪音得以圖解與量化。就如帕里卡所指出的：「噪音的傳播就如同美學、技術、政治和聲學一樣，在人們看來，它幾乎是形而上學的，但在形式上是可控的」[32]，例如二戰時維納（Norbert Wiener）即利用濾波器來預測德國的敵機，或者是作為傳輸信息的加密與攔截，噪音技術也運用在日後語音識別、音字轉換以及機器翻譯等的編程中。換言之，噪音已不能簡化成有害的成分，從不同角度來看噪音是推進現代通信媒介的重要策略。

而在後人類主義思潮的先驅賽荷（Michel Serres）的《寄食者》一書中，則借鑑了資訊理論以重新理解社會與科學的建構過程，將噪音視為文明發展必備成分。法文書名的「寄食者」（parasite）一詞本身除可表示食客、寄生蟲外，也有通訊過程的干擾之義，藉由此詞的多義性，賽荷創建一種新的模型來說明複雜的人類關係，文明在其筆下被描繪成龐大的寄生系統，一個處於動態渾沌中的秩序。

---

[32] J Parikka, "Mapping Noise: Techniques and Tactics of Irregularities, Interception and Disturbance", J Parikka ed, *Media Archaeology: Approaches, Applications, and Implications*, pp.270-271.

賽荷認為人即是萬物的寄食者，也是通道中的噪音。一如香農的理論，訊息的傳遞不單是只有發信者與接收者，還有必定存在的噪音，這使得我們要以三方而非二元來重新思考「關係」。同時，宿主是無法排除寄食者的，書中舉了一個有趣的例子，為了趕走老鼠某個主人將整棟房子燒掉重建，但結果是當天晚上老鼠又回來了。[33]這說明了任何看似和諧的系統絕不存在，要不就是放任寄食者以致難以想像的混亂，或是包容創造了差異、偏斜、模糊與變化的噪音，派生新的秩序，使其更加複雜但穩定。

　　綜上噪音歷史與概念的概述，我們可以知道噪音幾個共同的特徵：首先噪音不能被單純認為是有害的，無論是前衛藝術家的努力或是數位技術上的運用，噪音都佔有重要的位置，如帕里卡所言：「噪音只是系統中的暫時安排，而不是其存在的本質。一切都能是噪音，噪音也能是訊息。」[34]；其次，噪音是無處不在的，不只是周遭環境，任何訊息傳遞的系統如電話、電報、數據網路、音樂、文學等都必定存在噪音；第三，噪音是無法消除的，控制論反饋模型揭示了這個特徵，因為噪音與訊息密不可分，我們只能通過冗餘，進而減少噪音的干擾；最後，噪音具有「創造」的象徵，它代表的是一種破壞與重構的精神，打破了因重複而生的相似性，雖然會引起恐懼與危機，卻也能藉此孕育新的秩序。

（二）噪音與《粉紅色噪音》的物質性

　　噪音媒介的特徵在《粉紅色噪音》中的具體呈現是什麼？我們可以先從「藝術有機論」來理解，在此論中，認為藝術是一個完整的有機體，去除了一切「噪音」成分，每個元素都與其他元素互相

---

[33] 米歇爾・賽荷著，伍啟鴻、陳榮泰譯：《寄食者》（臺北：群學出版，2018年），頁33。

[34] J Parikka, "Mapping Noise: Techniques and Tactics of Irregularities, Interception and Disturbance", J Parikka ed, *Media Archaeology: Approaches, Applications, and Implications*, p.261.

關聯，缺一不可，其代表人物巴特（Roland Barthes）在早年便曾言之：「藝術無噪音」。[35]然而若噪音必然存在、無法消除，便說明了任何藝術作品都會有不完美的部分，一如趙毅衡在《符號學》所言：

> 承認噪音，就是承認藝術作品不可能是有機的，因為有機論的第一要義是「每個部分都為整體意義做出貢獻」，不可或缺，不可刪節，刪除一處，整體意義就不再完整。這個說法實際上把意義看作是客觀存在。而且充分體現在文本中。一旦我們承認藝術是一種符號，那麼在某些解釋中，必定有文本的某些部分變成沒有對整體意義做出貢獻的冗餘部分。這不一定會降低藝術價值：暴露藝術的「非有機組成」經常有特殊的效果。[36]

雖然奚密曾言，夏宇在書中透漏了「把藝術定義為有機而非隨意」的訊息，[37]但從《粉紅色噪音》整體來看，我以為更接近無機的、前衛藝術的特性。如趙毅衡所言，噪音是反抗藝術有機論的力量，且噪音並非只是多餘的成分，透過某些技術我們不但能控制它、圖繪它，甚至是「暴露」它，以達到另一種藝術效果。趙毅衡舉了許多例子如現代油畫的筆觸暴露、現代音樂表演中特意安排的非樂音、小說中的後設技巧等等，這些原本都是不應存在於作品中的「前置過程」，但經藝術家之手而將其「非內容」的部分展示出來。[38]

而將「暴露噪音」與書本形式關聯在一起，就與夏宇的創作風

---

[35]　轉引自趙毅衡：《符號學》（臺北：新銳文創，2012年），頁97。
[36]　趙毅衡：《符號學》，頁100。
[37]　Michelle Yeh, "Towards a Poetics of Noise: From Xia Yu to Hsia Yu", *Chinese Literature: Essays, Articles, Review* vol.30, p.171.
[38]　趙毅衡：《符號學》，頁99。

格有巧妙的聯繫。在夏宇過往的創作史中，我們可以發現夏宇早已對於噪音情有獨鍾，如《摩擦・無以名狀》中不完美的手工痕跡、《Salsa》的毛邊書設計等，夏宇大都透過了書本形式將「噪音」展露。而在《粉紅色噪音》中，一樣有著暴露創作過程的設計，書中的文字排版經過夏宇的深思熟慮，她請伊奇（美編）仔細測量文字的距離，以讓「詩和詩重疊時呈現我想要的形狀」[39]。按照夏宇的初衷，當閱讀時將一組詩也就是兩張書頁一同檢視，此時可以注意到，由於由左而右的閱讀習慣，在經過透明賽璐璐片的重疊後黑色英文詩彷彿一句句消解、轉化，蛻變成粉紅色的中文詩句，同時字跡漫漶如一再複寫的羊皮紙，前文本（英詩）的痕跡滲入了中文詩，激發了讀者從轉譯過程中的差異進行閱讀，這即是藉由「透明」，夏宇讓我們看到了「過程」。

　　而書頁的異常設計所形成的閱讀障礙，我認為這也與作者暴露噪音的意圖有關，以反諷「透明化」字面上的意義：任何訊息都不可能是可以完全解讀的，噪音無處不在。一如第二十六首〈我過去常認為它不是好那麼經常寫〉中的詩句「這些小的黑色關鍵字開始丟失所有含義／在幾紀錄凝望以後在它們」（These little black keys start to loss all meaning / After few minutes of staring at them），夏宇在此展現解讀的悖論，凝望詩句之後，得出的解讀也僅是其中微小的一種，其他所有含義都將丟失。

　　《粉紅色噪音》中的用色也具有特定意涵，除了單純詩人喜好外，在2002年時夏宇談及《現在詩》第二期時，曾提及該詩刊用粉紅色作為內頁顏色的原因：

　　　　粉紅色有點像是發明出來的顏色，因為它不是紅色它也不是白色，它不是七原色之一，它有點像是折衷過後的顏色，有

───────────
[39] 夏宇：〈後記〉，《粉紅色噪音》，無頁碼。

點像編派出來的顏色，有點像一個調色盤不知道怎樣偶然出現的顏色。讓我覺得它是一個訊息很飽滿但是意義不太清楚的顏色，我要的有點像是這樣的色感。[40]

以此種對粉紅色的感受回觀《粉紅色噪音》也多有連結之處，首先，此詩集依賴著科技而生，像是「發明出來的」，絕無法僅憑人的意志書寫而來，但在非人思維的鑿痕下卻又「折衷」出一定的可讀性。同時此詩集亦是一個「偶然」間的產物，並且擁有如噪音般龐雜的訊息，但意義卻不會因為有足夠的資訊量而顯現，一如詩人對粉紅色的看法。

除了書本形式外，噪音概念運用到語言上是《粉紅色噪音》的最大特色，其中，翻譯軟體Sherlock即是成為啟發夏宇打造噪音詩集的最大功臣。在2007年左右，機器翻譯因技術限制無法做到通順的翻譯，從而使得中文詩句閱讀起來斷裂、混亂、笨拙、過多贅詞甚至是無法解讀，將噪音體現的淋漓盡致。值得一提的是，在翻譯軟體的編程中，正有一個與噪音相關的專有名詞：噪聲信道模型（noisy channel）。對於編程人員來說，機器翻譯的過程其實正是前述所提及的通信模型的延伸應用，發信者提供原語言的語句，經編碼後通過「人為設計的噪音干擾」的通道，原語言在此被噪音重組、轉化，最後再解碼成為了目標語言，換言之，機器翻譯本身就是一個為原語言「製造噪音的機器」，目標語言即是加入噪音的原語言。

最後，夏宇從「無邊無際的英語部落格網站撿來的句子」也具有噪音的特徵。經施開揚整理，裡頭的字句雖有來自拉金（Philip Larkin）、惠特曼（Walt Whitman）等屬於典型文學的詩句，但也

---

[40] 本段敘述來自於夏宇參加馬世芳「音樂五四三」專訪時談及。參見Itsuki Fujii上傳：〈【馬世芳／音樂五四三】2003.09.13夏宇專訪〉，網址：https://youtu.be/zYFFO98xwzk，檢索日期：2020年5月1日。

包含了馬克思（Karl Marx）的論述、搖滾歌手科本（Kurt Donald Cobain）的遺書，甚至還有女同志色情與日本情趣玩具的廣告，可謂包羅萬象。[41]夏宇不只堅持選用非自行書寫的字句，同時還選擇了從網路中掘取素材，也不篩掉那些來自垃圾郵件、廣告宣傳等「非文學」的文字，我的論點是，夏宇故意讓這些使現代人煩悶的網路「噪音」與正統的文學都成為創作的一部分，用以凸顯了噪音早已融為一體、無法消除、難以分割的現象。

從以上噪音概念在書中的回顧，可以知道《粉紅色噪音》無論是形式或內容都與科技有著巧妙的互動關係。而行文至此，本章尚未處理的還有本書的「作者」－夏宇。在這個噪音系統中，夏宇到底扮演了什麼角色？她既不是作者，也不是譯者，照這樣來看，夏宇在書中的定位似乎就像是一個無主動性的中介。但在檢閱文本後可以發現，詩人並非是毫不參與其中任何環節，相反的是，夏宇積極地呈現機器翻譯的「誤譯」：

> 我就像嗑藥似的玩了一年完成33首詩。材料常常是一封垃圾郵件引起的超連結無邊無際的英語部落格網站撿來的句子，分行斷句模仿詩的形式，然後丟給翻譯軟體翻，之後根據譯文的語境調整原文再翻個幾次。雙語並列模仿「翻譯詩」。

從引言可知，夏宇在詩句上的選擇其實具有強烈的目的性，並不會單純「組裝」好原詩，便原汁原味的呈現翻譯詩，而是如詩人自言「會根據譯文的語境調整原文再翻個幾次」。就此來看，《粉紅色噪音》與其說是一本詩集，更像是一個精心設計的程式，它有著嚴格規定的原始碼（一封垃圾郵件引起的超連結無邊無際的英語

[41] Brian Skerratt, "The Poet in the Machine: Hsia Yü's Analog Poetry Enters the Digital Age" in David Wang, ed. *A New Literary History of Modern China* (Cambridge: Harvard University Press, 2017), pp. 877.

部落格網站撿來的句子）、固定的編寫形式（分行斷句模仿詩的形式）、交由計算機執行（丟給翻譯軟體翻），再根據結果找出是否有語法的「錯誤」（根據譯文的語境調整原文再翻個幾次），最後導出了一個持續生產噪音的程式。這使得夏宇不是文本生產者，因為生產文本的「作者／譯者」是網路與機器，她更像是名資訊工程師，一個因應科技進展而生的職位，編寫出《粉紅色噪音》以將科技與文學緊密的綁在一起，試圖以科技噪音之姿讓兩者交融，同時也肯定科技對文學的創造，如〈我是關於沒什麼的一位專家〉一詩所言：「是，技術／是一件美好的事」。

第三章 噪音：
《這隻斑馬》與《那隻斑馬》的流行歌

一、臺灣流行歌的文化歷史

　　流行歌是《這隻斑馬》與《那隻斑馬》中最重要的關鍵字，不單是文字內容上都以歌詞為主，其詩集的物質性也洋溢著流行歌的韻味，顯現了來自物質層面而非全然依靠文字的音樂性，也直指流行歌的一時輝煌與傾刻殞落。

　　此外，在討論夏宇的詩歌書寫時，自然無法忽略在2002年發行的《愈混樂隊》，此張專輯為夏宇與一群音樂人共同合作，夏宇藉由了口白將詩融入歌曲中，以此解決詩的形式難以搭配旋律的問題，並在多首歌中與歌手的歌聲對話甚至作為歌詞的主體，如楊瀅瑩之言：「夏宇的口白，以聲音演出實驗音樂與文字結合的可能性。」[1]同時我們得以覺察，夏宇開始不將演繹文字的全部權利交予歌手，而是親自上場強化了詩人主體。同時，《愈混樂隊》為夏宇初次將噪音作為創作上象徵的一環，並體現為現代詩的位置，以介入與混淆了靡靡之音的「和諧」。為了進一步討論此份內涵，本章將解析流行歌的內部機制，觀察流行歌作為一個技術媒介，是如何參與詩人的書寫實踐之中。我們可先從文化史的方式切入。

　　流行歌（popular song）一詞最早可追溯至18世紀歐美的「印刷

---

[1]　楊瀅靜：〈黑與白的愈混愈對——從《這隻斑馬》、《那隻斑馬》看夏宇歌詞與詩之間的關係〉，《臺灣詩學學刊》，頁48

音樂」（sheet music）。在過去，音樂欣賞往往必須前往戲院聆聽歌劇或古典音樂，而印刷音樂即是將樂譜簡化後當成出版品，並透過印刷傳到民眾的手中。也因此，「印刷音樂可說是流行歌曲事業的最早形式」[2]，它以印刷術實現了音樂的存儲並廣泛流傳。

　　直到留聲機發明後，人們才得以紀錄真實聲音，而不需依賴音樂文字（musical text）[3]。留聲機由愛迪生於1877年發明，透過了刻針、錫箔滾筒，將聲音的震動銘刻在白蠟製成的蠟盤上，這塊蠟盤即是之後唱片的前生。然而，此時利益龐大的流行歌事業還尚未被人們所注意，當中除了白蠟易融化的技術問題外，還包含愛迪生認為唱片並無商業價值因此漠視，留聲機僅作為記錄會議、傳達訊息的功用。[4]直到1888年，在日後大名鼎鼎的哥倫比亞公司（Columbia Graphophone Company）成立，一開始主要是做灌錄唱片的工作，不久便開始與樂師和演唱家合作，宣揚唱片的娛樂價值並獲取商業上的成功，從此之後唱盤炙手可熱，家家戶戶人手一臺，同時這些與哥倫比亞公司合作的音樂家也成為了明日之星。[5]之後，哥倫比亞公司搖身一變成為國際大廠，其唱片事業也透過於東京成立的「日米蓄音機製造殊式會社」於1910年帶入臺灣社會，由在臺日人率先購買相關器具並進口日本唱片。

　　隨著物質生活的豐富，流行歌漸漸成為民眾生活的重要娛樂。在1960年代後，電視逐漸普及，國語歌曲在節目《群星會》持續地推播下滿足了外省族群的鄉愁，臺語歌曲則透過布袋戲節目於民間傳唱。直到1972年，教育部實施了方言電視節目不得超過一小時的政策，臺語歌曲再度受到打擊，國語歌曲遂漸漸成為市場上流行歌

---

[2]　黃裕元：《流風餘韻：唱片流行歌曲開臺史》（臺南：國立臺灣歷史博物館，2014年），頁4。
[3]　「音樂文字」指用以記錄音樂的符號，如西方音樂常見的五線譜、音符、拍號，或中國音樂的工尺譜等。
[4]　葉龍彥：《臺灣唱片思想起》（臺北：博楊文化，2001年），頁33。
[5]　黃裕元：《流風餘韻：唱片流行歌曲開臺史》，頁29。

的主要類別，並流行至今。[6]

　　而「偶像歌手」的打造則是在七〇年代中葉後漸漸成為流行歌產業的重要一環。據音樂人翁嘉銘的評論，「劉文正風潮」與「鳳飛飛現象」所造成的影響改變了流行歌的商業行為，在廣播與電視成為臺灣主要的大眾娛樂媒體之後，鳳飛飛以「麻雀變鳳凰」之姿成功地受到普羅大眾的支持，而劉文正也透過歌手的商業包裝，成為了「偶像歌手」的始祖，受到了當時少年少女的崇拜，掀起了一波波追星風潮。到了校園民歌運動晚期的八〇年代初，商業的染指漸成定局，校園民歌於是被功利為主的工業製造系統收編，原本提倡民歌創作的歌唱比賽也轉變成挖掘歌星的路徑。

　　1980後，由於經濟起飛，加上解嚴後政策的鬆綁，唱片業逐漸走向國際化，同時組織精簡的音樂工作室也紛紛成立。[7]原本於1970年代盛極一時的校園民歌此時已如明日黃花，唱片公司改變了過往的出版模式，不同於自彈自唱的民歌，這個時期開始唱片公司大都是以歌手的明星光環精心打造專屬的詞曲、造型以及宣傳，仿照鳳飛飛與劉文正的模式，將「偶像」的概念深植人心。同時彩色錄影機的普及後，由於錄製影片的生產工具成本降低，也讓唱片公司開始將「音樂影片（music video）」導入製作計劃中，以透過影片推銷歌曲，當中牽涉到的資金也日益擴張，唱片公司也開始多元化的經營，發展影視相關的產業，逐步邁向更精緻的工業化。在這樣的經營模式下，一首歌的完成被切成數個工作，每個人都只是商品製程的其中一環，並於數次的「製作會議」中統籌，製作著符合大眾口味的產品，加之「流行歌曲暢銷排行榜」暗自成為了業界互相角力的依據，流行歌「商品化」時代的正式到來，而夏宇即在此時代背景下加入流行歌產業。

---

[6]　翁嘉銘：《從羅大佑到崔健——當代流行音樂的軌跡》（臺北：時報文化，1992年），頁190-193。
[7]　葉龍彥：《臺灣唱片思想起》（臺北：博揚文化，2001年），頁67。

二、夏宇對流行歌工業的觀察

夏宇與流行歌的淵源起於1984年寫成的第一首詞作〈告別〉，本歌原是應李泰祥之邀，將舊曲〈不要告別〉譜上新詞。然而，當時尚未有填詞經驗的夏宇寫完後，李泰祥很快發現此詞與旋律難以搭配以致無法歌唱，但由於夏宇的〈告別〉寫的太好，促使李泰祥決定放棄原本的構想，改成為此新詞重譜新曲，並發行於《黃山》專輯中。至此之後夏宇便開始以筆名李格弟縱橫詞壇，持續至今。

從前述流行歌文化上的歷史爬梳可以留意到，夏宇所加入的八〇年代歌壇正朝向偶像歌手的商業經營模式，彼時校園民歌風潮退卻，「市場需求」成為首要考量因素，由於「偶像歌手」龐大的利益吸引下，唱片製作邁向更複雜的工業化，偶像造型、專輯包裝、通路宣傳等都牽涉了大量的資金，促使了音樂生產不再只是少數人可以完成的工作，而是需要多個職位的互相配合，作詞人也僅是其中的一顆螺絲，不時會因應製作需求而更動作品。

在《這隻斑馬》的附錄中，夏宇收錄了三篇關於流行歌的舊文與一篇夏宇一人分飾兩角的對談，字裡行間透露出不少對於1980年代後唱片工業內部與流行文化的觀察，以及詩人對詩與歌界線消長的看法。

在流行歌已商品化的年代，唱片工業在製作計畫上作出了許多變革。偶像歌手作為這一時期流行歌的最大特色，流行歌詞的內容大都必須貼合著歌手的定位，夏宇也曾在2004年的訪談中提及此事：

> 歌幸好不談「性」，談的是「位置」，劉德華與伍佰定位有何不同，張惠妹適合唱什麼孫燕姿不適合唱什麼，張震嶽可以幹譙而且必須幹譙下去王力宏不可以，趙傳受傷辛曉琪療

傷，王菲最好一以貫之什麼也不鳥。我以前很天真以為哎不要吧這樣誤導宰制，後來才瞭消費者根本完全識破而且要的就是這個。他們就是要買齊秦深情陳昇浪蕩而且不要他們改變。我不能抱怨這一行只看銷售數字我只抱怨他們（賣唱片和買唱片的人）不敢放縱想像力。[8]

　　如夏宇所言，流行歌的內容需要符合聽眾對歌手的「位置」，並以此加深對偶像的認同，且這樣的慣例乃是源於消費者的喜好，若想轉型往往會流失聽眾。也因此，此一時期的流行歌手在唱片公司渲染下大都擁有獨特且鮮明之個性。以王菲為例，其第一張專輯《迷》從文案到造型乃至歌曲設計都是為其形象作包裝，如周倩漪在分析時所言：「整個觀看下來，王靖雯標定出的是一幅不按二元性別　輯的、踰溢二元性別系統的、自我封閉卻又自恃強固的新型女人畫像。」[9]而此宣傳的意圖，即是為吸引特定的消費族群。

　　而在夏宇的合作對象中，與偶像形象貼合的例子最津津樂道地自是趙傳所演唱的〈我很醜可是我很溫柔〉。據此歌的作曲者黃韻玲回憶，在出版趙傳的出道專輯時第一眼就被這首尚未譜曲的歌名所吸引，「覺得歌名取得太奇妙了，而且非常貼合趙傳給人的感覺」，[10]同時內容上也入微地刻劃了外表看似堅強但卻有懦弱一面的都市男子，為當時偶像定位尚未明確的趙傳賦予了「溫柔巨人」的形象，並在注重外表的流行產業中，讓趙傳以另類的姿態博得消費者的認同，進而成為了風靡一時的流行歌。

　　然而，此種為偶像歌手打造的趨勢也使得作詞人不能全然掌握自己的作品，往往須配合偶像形象刪減甚至大改。例如齊豫於1997

8　夏宇：〈一手寫詩，一手寫詞〉，收錄於《這隻斑馬》，無頁碼
9　周倩漪：〈從王菲到菲迷－流行音樂偶像崇拜中性別主體的搏成〉，《新聞學研究》第56集（1998年1月），頁107。
10　岱岳琦採訪撰文：〈我很醜，可是我很溫柔－小人物心裡的驕傲巨人〉，取自http://musttaiwanorg.blogspot.com/2016/05/blog-post_13.html，檢索日期：2020年2月6日。

年所演唱的〈女人與小孩〉，講述著成為母親後的心態轉變，詞意洋溢著處處為孩子著想的溫暖氛圍，並且讓當時才四歲的齊豫女兒的聲音入歌，貼合著當時剛當母親的歌手形象。然而，本歌原作應為收錄於《這隻斑馬》未發表區的〈男人與狗〉，講述的是收養流浪狗的男子，逐漸培養著信賴關係並互相依靠孤單的彼此，〈女人與小孩〉在句式結構上與〈男人與狗〉一模一樣，但在譜曲發表後的用字被大幅度修改，甚至連故事走向都全部更動，這可推測乃為了偶像的需求使其改為適合齊豫的歌。

由於牽涉的資金日漸增長，頻繁的「製作會議」也成了製作歌曲的例行公事。製作人通常都會有一套對於新專輯的想法，再根據規畫好的路線邀歌，並盡量依循著市場的走向，在這個過程中作詞人的歌詞也往往會因為各種因素刪改，以防大量的資金付諸流水。但整個過程還是仍如賭博一般，許多資深音樂人也都不禁感嘆世事難料，如翁嘉銘所述：

> 歌壇生意就如賭盤一樣，不賭就別進來，進來就得豁出去，但得訓練自己成個「好鼻師」，哪類歌星會紅，哪種歌能賣，要對流行非常敏感，不能走太快又不可以走太慢，分寸要拿捏得準確無比，心臟要夠強，賠一次不能倒下去，留給自己下回風光大賣的機會。

大眾的喜好瞬息萬變，流行將在何處蔓延幾乎無人可以預見，不能遲到，更不能太過前衛，一有差錯便會血本無歸。夏宇也有類似的看法：

> 也不難明白這是個很容易歸咎給別人的行業。詞好但是曲不好，曲好詞不好，詞曲都好可是唱的人不好，詞曲唱人都對可是市場不需要，即使市場需要可是時代不時在變。那種幾

個小時的製作會議開下來人人不知今世何世「大家到底究竟想聽什麼？」──而一旦押對了寶時那種走路有風痛快很痛快樂很快就繼續孤注一擲一切也仍然深不可測。我其實偷偷地非常愛他們，大家賭性大發一起喝一杯是多麼屌奧啊。[11]

　　此時期的唱片工業必須通過長時間追尋「大家到底究竟想聽什麼？」的製作會議，才得以讓一首首流行歌問世，其中的考量包含詞、曲、唱、市場乃至整個時代的氛圍，但大眾喜好仍是深不可測，到頭來還是如賭博一般孤注一擲。而從引述的字裡行間可以注意到，雖然製作會議雜而煩悶，但夏宇並沒有表露出不耐，而是對於這群「賭性大發」的眾人感到著迷，就算始終不知「眾為何物」，詩人仍隱含著加入大眾的期待。

　　而夏宇對流行歌詞的觀察主要環繞於「標準化」的概念。此一詞來自1941年阿多諾（Theodor Adorno）的〈論流行音樂〉一文，在此文中阿多諾批判了美國當時的音樂文化工業，不若當時其他研究者以通俗雅正或簡易複雜的差異為流行音樂／嚴肅音樂做分類，阿多諾以「標準化」作為兩者最大的差別，認為流行音樂因為其市場導向，致使生產過程的模式固定化，讓音樂總是以相同的結構進行，使流行音樂宛若拼湊的結果而非創造。[12]

　　〈論流行音樂〉一文雖與夏宇所處的環境差了五十餘年且相隔東西兩地，然阿多諾的批判仍適用於1980年代後的臺灣流行音樂界。在商業利益的驅使下，臺灣的唱片工業遵守著過往大賣歌曲的套路，在歌詞形式上的體現即是主歌－副歌的經典循環結構，這促使創作者在寫作之初就必須規範好主歌與副歌的位置，並且要因應

---

[11] 夏宇：〈痛快很痛快快樂很快貓最重要〉，《這隻斑馬》，無頁碼。

[12] 阿多諾著、李強譯：〈論流行音樂（上）〉，《視聽界》2005年03期（2005年6月），頁46-49；阿多諾著、李強譯：〈論流行音樂（下）〉，《視聽界》2005年04期（2005年8月），頁58-59。

重複的結構而限制每句的字數，不能過長也不能過短。另外，流行歌詞的押韻也有著套路可循，夏宇便曾言之：

> 流行歌詞務必押韻，尤其ㄛ韻一韻和ㄡ韻，可以構成強健的骨架。中文流行歌曲的體質貌似纖弱其實骨本強壯，靠的就是某些韻腳的永恆的感官性。許多歌在過了年代後又翻出來還聽得，因為每個年代重視喜愛的字眼容或不同押的韻腳大致不變。那種感官性多聽幾次後馬上變成惰性只願意它不停重複。然後當然很快又膩了。流行的感官需索無度。永遠需要新的歌重新解讀那些一代一代不停重複的情感狀態。[13]

　　押韻賦予了文字音樂性，並讓歌詞方便背誦以致琅琅上口，尤其是夏宇指出的ㄛ、ㄧ、ㄡ韻也因其泛用耐聽成為大眾的偏愛，同時韻腳「永恆的感官性」也使得流行歌詞就算字眼不同，卻也仍能在不同年代的聽眾間引起回響，為看似只能盛行一時的流行歌立下「強健的骨架」。然而，「流行的感官需索無度」，新歌不出多時就會加入舊歌的行列，只能持續著生產模式類似的歌曲以滿足大眾的需要。

　　另一種「標準化」的體現則在於內容上，愛情即是其中亙古不變的主題。據張小虹分析1990年的情歌時所言：「愛情的『主體毀滅性』主要來自於慾望的流動不居，模糊了自我與異己的界線」[14]，情歌的演唱主體成為了人們能夠將感情自我投射的對象，並隨著歌曲中的情愁而擺盪。同時，如翁嘉銘所言：「情歌是愛情靈藥，也是市場的『保證曲』」[15]，作為最容易勾起大眾慾望的題

13　夏宇：〈痛快很痛外樂很快貓最重要〉，《這隻斑馬》，無頁碼。
14　張小虹：〈紅男綠女：情歌、流行文化與性別顛覆〉，《後現代／女人：權力、慾望與性別表演》（臺北：時報文化，1993年），頁25。
15　翁家銘：《樂光流影：臺灣流行音樂思路》，頁132。

材，情歌自然是重點投資項目，夏宇也曾言及：「寫『廢話搖滾』兜售四處碰壁，隨便寫首『情歌』夾帶一些煽情字眼一下就賣掉了」[16]，即變相指出情歌在市場的氾濫。

另外，流行歌詞的「空間」也具有標準化的傾向，流行歌的主要客群集中在城市，唱片行或音樂相關活動也大都於大都市的人口密集處設立，就製造商角度而言來自於城市生活的內容勢必更能引起聽眾的反應，此種空間類型的偏好大大影響了國語流行歌市場，1980後的偶像歌手幾乎都是在為城市歌唱。

而這些題材傾向對夏宇來說似乎並沒有太大的不適，無論愛情或城市正好都是夏宇過往創作中所擅長的題材。已有許多研究指出，自出道作《備忘錄》以來，夏宇書寫的愛情總能歸於日常卻又充滿張力，在幽微處點出不凡。[17]這樣的愛情觀也充分展現在詞作中，例如〈反正大家都愛過誰也不欠〉的首兩行：「那個安靜的午後你離開了我／走得乾乾淨淨一把牙刷也沒留給我」[18]，透過生活物品的象徵描寫對方的果決，或是〈一個人兩個人〉：「一個人的早餐就是一個蛋／兩個人的就是一頓愛」[19]，將生活中的愛情以對比的方式展現，間接表達出愛情的分量。

而城市也是夏宇在空間上的主要著力處，甚少會從其詩作中嗅出鄉土的味道，夏宇也曾自言：「我誠心誠意想為像臺北這種城市寫歌」[20]，其詞作的空間就經常從城市出發，甚至部分詞作即以「寂寞城市」、「城市英雄」為題，或如〈我很醜可是我很溫柔〉：「在鋼筋水泥的叢林裏／在呼來喚去的生活裏」[21]那樣描寫

---

16 夏宇：〈寫歌〉，《這隻斑馬》，無頁碼。
17 相關研究參見奚密：〈夏宇的女性詩學〉，《臺灣現代詩論》（香港：天地圖書有限公司，2009年），頁270-300；李癸雲：〈參差對照的愛情變奏：析論夏宇的互文情詩〉，《國文學誌》23期（2011年12月），頁65-99。
18 夏宇：〈反正大家都愛過誰也不欠〉，《這隻斑馬》，無頁碼。
19 夏宇：〈一個人兩個人〉，《這隻斑馬》，無頁碼。
20 此二句都出自夏宇：〈寫歌〉，《這隻斑馬》，無頁碼。
21 夏宇：〈我很醜可是我很溫柔〉，《這隻斑馬》，無頁碼。

了城市的樣貌。因此，1980後流行歌詞在題材的選擇上可說是正合夏宇的專長。

然而，一切以大眾為導向的準則對創作者而言仍是一種限制，不若現代詩寫作的自由，歌曲的製作人往往會依循能夠大賣特賣的前例，要求創作者專寫某個題材且不要改變，在某種程度上也是一種折磨，就如夏宇所言：

> 一陣電鋼琴噹噹噹噹在音箱裡碰撞追擊，完全沒有主意，我總在咖啡屋裡談生意──我的方興未艾的流行歌曲事業。對面坐著的製作人強調：生活、生活，你知道就是那種要與生活發生共鳴的東西。他把鳴發得那麼重，讓我突然脾氣暴燥，一口氣把咖啡喝完。歌又換了，不同的歌手，不同的題目，但永遠有著相同的氛圍，像水族箱裡浮動的海藻，像牙科診所裡過期的內幕雜誌，像重新裝潢的美容院，像咖啡室，像臺北。[22]

對製作人而言，歌詞務必與「與生活發生共鳴」才能引起聽眾的廣泛回響，進而成為當紅歌曲，但對夏宇而言，字字句句都要考慮大眾卻常讓人洩氣，也導致了流行歌「永遠有著相同的氛圍」，像是一成不變的海藻裝飾、如出一轍的八卦周刊以及空間擺設大同小異的美容院與咖啡室，流行歌詞的書寫就這樣不斷地陷入循環。

於是，在這種千篇一律的流行歌市場，夏宇精闢地以「朝生暮死」的字來形容流行歌詞標準化的現象：

> 但這些字真的朝生暮死，因為用得太重而不停地自行折損解構而又不停地神奇地自我重生。寫曲的人唱的人編曲的方式

---

[22] 夏宇：〈寫歌〉，《這隻斑馬》，無頁碼。

表現風格的演變乃至某一世代對某些特定字眼腔調親密感的
過份強調而導致的集體高潮裏，這個行業沒有一個細節可單
獨存在沒有一個螺絲不屬於另一個螺絲。一首最最流行的歌
被集體的歇斯底里唱到爛時那種毀滅是那麼輝煌。[23]

在流行歌產業中，不若寫詩的獨立性，寫歌詞往往會受到多種
因素左右，結果就是生產出符合大眾口味但氛圍重複的歌詞。在夏
宇的詞作中正有一首名為〈朝生暮死〉的歌，即是從創作者的角度
看待流行歌的文化，先以其前兩節為例：[24]

朝生暮死的城市
愛人們癡妄相許
百般愁悵的午夜
最後又微笑睡去
當現在也包括未來

朝生暮死的城市
愛人們癡妄相許
宴席後眾人散盡
愛情俱時日老去
那永遠是不是現在

本歌收錄於《愈混樂隊》中，由歌手路邊攤與夏宇一同演唱。
如前述短文所引，「朝生暮死」一詞對夏宇而言具有特殊的意涵，
所謂「朝生暮死的城市」指涉的即是流行歌詞的集體現象，在這座
由流行歌的故事所鋪陳的城市中，由於歌詞內容的標準化，有著類

---

[23]　夏宇：〈痛快很痛快樂很快貓最重要〉，《這隻斑馬》，無頁碼。
[24]　夏宇：〈朝生暮死〉，《這隻斑馬》，無頁碼。

似的故事、相似的情感，無怪乎愛人們總是「癡妄相許」，而前兩
節的最後一句「當現在也包括未來」、「那永遠是不是現在」也隱
含歌詞內容總是不斷輪迴的意味。之後，重複的結構到了第三節出
現變化：

> 不忍心這樣毀去
> 就算是一個虛構的城市
> 不忍心這樣走開
> 就算是一段絕望的愛
> 精心修訂的劇本
> 又被命運一再輕率地刪改
> 清楚的蛛絲馬跡
> 狂風暴雨打散了結局

在此，以「虛構的城市」、「精心修訂的劇本」象徵歌詞寫作
的前版本，然進入製作會議時不免出現了修訂，雖然不忍心毀去，
然而在以大眾口味為標竿的要求下，創作絕無法任憑作詞人的想法
一意孤行，小則更換幾字，大則連故事走向都改動，如詩中所言的
以狂風暴雨之姿「一再輕率地刪改」。到了最後一節，夏宇將過往
的詩作拼貼到此歌中：

> 聽說每個時代都是難的都是糟的
> 但到底是什麼讓我幻想他讓我傾斜把我倒光
> 我解釋我的到達每一次把旅館裡漿過的
> 折在床縫裡的被單用力拉出來
> 如果我是這無數因果中的千萬種幻覺之一他也不見得是地獄

此內容原是收錄於《Salsa》的詩作〈多出來的6個小時〉，夏

宇在演唱時親自以口白呈現。此段的介入由於文風改變雖稍嫌突兀，然而在前幾節所點出的脈絡下仍可與之連結，「每個時代都是難的都是糟的」隱喻著流行歌詞產生的困難，「他」則是文化工業規則的化身，而將「折在床縫裡的被單用力拉出來」的動作則表示了創作者的反抗，欲將被標準化弭平的故事重新據為己有。不過，雖然「他」會消滅創作的獨立性，但如詩句「也不見得是地獄」所言，對夏宇來說流行歌事業仍是傾心嚮往的所在，讓詩人自願地「消滅在完美的合音裏」[25]。

　　如引文與詩作的呈現，可見夏宇對1980後流行歌的現象有著細微的觀察，並站在創作者的角度提出自己的看法。雖然在市場規則的運作下，創作者難以避免刪改的命運，但夏宇仍不是帶著批判或惋惜的心態看待這個市場，而是誠摯地愛著流行歌曲這一行：

> L：我想我很誠懇，因為我喜歡極了娛樂業，喜歡流行歌曲這一行，我好喜歡舞臺上的跑馬燈啊，還有只要有人好好唱完一首歌鞠躬時我就會有點想哭，這時候我就恨討厭主持人說掌聲鼓勵之類。到目前為止我只去過三四次的KTV（因為我是根本不會唱歌的那種人）讓我一次比一次重視這個我賴以為生的行業，我無比慎重地尊敬起這種情感直接抒發的力量，這種或隱藏或彰顯的力道。我想我們不好意思的原因是因為這些其實都是真的。你要知道，我們處處是一己之情緒，而生活混亂到讓我們常常對一己之情緒也格格不入，這些描述情感的文字，一代一代，不管如何濫情，如何重複，如何愚蠢，如此徒勞，愛了又恨，恨了又愛，我想，祕密在這裏，因為它們全部都是真的，而且非常直接……

---

[25]　夏宇：〈痛快很痛快樂很快貓最重要〉，《這隻斑馬》，無頁碼。

夏宇以李格弟口吻抒發了對流行歌詞的真正感受，儘管歌詞會因標準化而濫情、重複，但夏宇「仍無比慎重地尊敬起這種情感直接抒發的力量」，尊重這些將最直接且真實的情感抒發出來的文字，就算這些作品可能不久就會因走紅而唱爛而毀滅，但那份輝煌仍屬美好。

三、靡靡之音的界線消長

夏宇對詩與歌詞看法是從「涇渭分明」趨至「愈混愈對」。這可以先從筆名看起，夏宇早期在使用筆名時有嚴格的規則，寫詩時以夏宇為主，但寫歌詞時則為李格弟、童大龍或者李廢，兩者差異分明，絕不混用，就算是「先成詩後成詞」的作品如陳珊妮所演唱的〈乘噴射機離去〉，由於內容原是收錄於《備忘錄》中後再由他人譜曲，筆名的署名上就會是夏宇而非李格弟。

已有不少前述文獻指出筆名間的差異，林芷琪曾針對不同筆名時所寫作的內容做出分析，認為寫詩的夏宇是從女性的觀點出發，「質疑都市現實、主掌愛情的來去，性別在詩中流動而不僵化」；寫詞的李格弟則是男子之名，「接受都市生活、依賴愛情，強調性別差異」。[26]李癸雲則是透過群體心理學探尋李格弟的身分意義，認為林芷琪的說法稍嫌果斷，兩者之間其實具有隱微的互動關係，並認為李格弟是「詩人社會化的位置」。[27]

而在附錄收集的三篇舊文中，創作時間最早的〈寫歌〉一文可以看出夏宇早期對於詩跟歌詞的態度有著明確的分界，夏宇也不諱言，開頭不久便直接道出寫歌詞動機即是為了賺取日常所需：

---

[26] 林芷琪：〈筆名、都市與性別：論夏宇詩與李格弟歌詞的雙聲辨位〉，收錄於，《異同、影響與轉換：文學越界學術研討會：2005青年文學會議論文集》（臺南：國家臺灣文學館，2006年），頁60。

[27] 李癸雲：〈「唯一可以抵抗噪音的就是靡靡之音」——從《這隻斑馬This Zebra》談「李格弟」的身分意義〉，《臺灣詩學學刊》第23期（2014年6月），頁168。

我們不能用一首首寫得愉快而又極敏感、生動的詩去換取日日所需，這個傳統被清高地大力維繫著，多麼低估詩人對錢的想像力，又同時高估錢對詩人的腐化力。願望數則經過數年的激盪傾軋磨損，慢慢得到修正，找到一個比較緩衝的關係如下：「是這樣的，我期望一種令自己滿意的工作，那就是說擁有足夠的報酬又擁有同等的自由，最重要的是，隨時可以離開，又隨時可以回來。」聽起來像個高級小酒館裏的爵士樂手。[28]

作家從古至今都不算是能發財的行業，單純寫詩換錢難以衣食無虞，因此當代的純文學創作者中絕大多數也身兼他職，東西皆然。在資本主義的大旗下，夏宇只期望尋找一個符合自己個性並擁有自由的工作，以支持寫詩的動力，於是藉由歌詞維生便成為了絕佳的選擇。而雖然夏宇在此文中並未明言寫詩的動機，僅僅提及對字句的組合「有點興趣」，但顯然也比寫歌詞單純的多。也因此，兩者所書寫的對象截然不同，歌詞是為了臺北這種城市，詩則無定性隨興而為，這樣差別也隱含了公眾與私我的差異，前者時時要考量大眾所需，後者雖可能連讀者都沒有，卻滿足了抗拒社會性的詩人主體。

誠如李癸雲所言：「『李格弟』所代表的『位置』，接收而消弭所有對群體情緒傾向的抗拒，甚而讓自身也化為群體之一。」[29]李格弟相對於夏宇，在此時期是宛如面具般的存在，透過李格弟的面容詩人才能進入公眾之中，夏宇就在〈寫歌〉中以一段前往酒吧的小故事表述此種心境：

---

[28] 夏宇：〈寫歌〉，《這隻斑馬》，無頁碼。
[29] 李癸雲：〈「唯一可以抵抗噪音的就是靡靡之音」——從《這隻斑馬This Zebra》談「李格弟」的身分意義〉，《臺灣詩學學刊》，頁171。

有一次一夥人來到中山北路一個小酒吧，清晨三點鐘，滿屋子都是人，都是男人，可能其中也有的是女人，但都由男人扮演吧，燈光打得低低暗暗的，空氣中有一種竊竊私語的甜蜜的感覺，混雜著煙、酒、古龍水和刮鬍水的味道。忽然屋子中央一圈跑馬燈打亮了，歌的節奏由牆壁中滲出來，男人們圍攏過去，一對對的，開始跳起舞。有一個男孩在舞池前方抓起麥克風唱起來，我推推同伴說，這是我寫的歌耶。男人和男人擁抱著，在舞池中輕輕摩擦著，慢慢的搖擺著——「讓我請你跳支舞，用一種失傳的舞步…」我知道他們永遠不可能愛上我，我在暗處覺得寂寞，但我因為可以用另一種方式去加入他們而覺得興奮、親愛。你知道嗎？你極可能是一個自己一輩子都不會發現的同性戀，我的另一個朋友曾經這樣告訴我。她是女人，而且只愛女人。我設想到各種情況，我極可能是一個自己一輩子都不會發現的什麼什麼。我被各種可能性的激發，深深被一些不尋常的激勵氣氛所籠罩。[30]

　　紙醉金迷的酒吧是社交的場所，人們在此透過酒精、音樂與跳舞拉近彼此。而當自己寫詞的歌曲出現時，夏宇雖感到開心卻又悵然若失，對詩人而言，加入大眾不是易事，文中以男同志與詩人的女性身分作為象徵，以兩者性向上的格格不入暗示著公眾與私我的分別。然而，夏宇仍「因為可以用另一種方式去加入他們而覺得興奮、親愛」，這幽微的表示著夏宇仍有渴望大眾的心態，但也可能自始至終渾然不知，像是「自己一輩子都不會發現的同性戀」。

　　到了2002年後的〈痛快很痛快樂很快貓最重要〉一文中，夏宇

---

[30]　夏宇：〈寫歌〉，《這隻斑馬》，無頁碼。

仍表現出這種欲拒還迎的姿態，但對於詩與歌詞的差異卻稍加鬆動：

> 當我們早就假設並且證明這些歌是一個寫詩的人的另一些
> 字，我只能心虛地說這是我的某某傾向和另某某傾向之間格
> 格不入的初級示範。可是，詩作為「神祕經驗」，歌就難道
> 是「非神祕經驗」嗎？如果我們把未來詩與歌的結合狀態定
> 義成二千多年前希臘悲劇裡的合唱歌隊的形式呢？[31]

夏宇仍將李格弟所寫的字視為自己另一個「某某傾向」，但對詩跟歌詞的差異卻不再二分，以假設的方式提及了詩歌同源的宿命，也暗含著夏宇對詩跟歌詞有更進一步的想像。

而會有這樣的心態轉變，與2002年《愈混樂隊》專輯出版有密切關係。這張專輯的規劃早於2001年末便開始進行，據此專輯的製作人陳柔錚的回憶，在十二月時臺北的「地下社會」酒吧舉辦了一場名為「約翰藍儂逝世21週年暨喬治哈里遜逝世紀念演唱會」的派對，輪到陳柔錚的樂團上臺表演時，夏宇到臺上客串，要求在樂團表演同時念一段小野洋子的詩。而就在當天的休息時間，夏宇與陳柔錚聊起這段表演時便產生了《愈混樂隊》的構想，並邀請有參加派對的樂團一同創作此張專輯。[32]

此專輯的名稱取自「愈混愈對」的諧音，從成果來看，此處的「混」具有多種含義，除了不同音樂類型與許多音樂人的「混搭」外，較為多人所關注的有以下三點，首先是詞與詩的混，《愈混樂隊》的詞並非依循當代流行歌標準，根據文案，這些詞大都是被唱片公司因不符合需求而被淘汰的作品，[33]同時夏宇還將過往的詩作

---

31 夏宇：〈痛快很痛快樂很快貓最重要〉，《這隻斑馬》，無頁碼。
32 本段記述出自2013年6月一場於地下社會的表演，參見：https://www.youtube.com/watch?v=nWhPQJNcPeE，檢索日期：2020年2月15日。
33 專輯文案參考自林芷琪：〈筆名、都市與性別：論夏宇與李格弟歌詞的雙聲辨位〉，收錄於《異同、影響與轉換：文學越界學術研討會：青年文學會議論文集》

拼貼至歌曲中，大都取自於《Salsa》，而部分當時未發表的作品則可見於2011年出版的《詩六十首》。其次，是人聲與口白的混，在《愈混樂隊》中夏宇藉由了口白將詩融入歌曲中，以解決詩的形式難以搭配旋律的問題，並於多首歌中與歌手的歌聲對話甚至作為「主唱」。此作法挑戰了流行歌的演唱常態，詩在過去並非是從未出現於流行歌曲中，但大都是為詩重新譜曲使之能唱，《愈混樂隊》則大膽地將口白詩成為歌曲主體或是與歌手對話。

　　第三，是通俗與前衛的混。通俗即是指當代流行歌文化，在歷經校園民歌運動的1970年代後，彼時唱片公司的出版計畫趨向以商業利益為導向，並開始仿照鳳飛飛、劉文正的「偶像歌手」模式，因此在以大眾口味為標竿的業界中，一首歌的完成需要經過層層篩選，難以與日常生活或大眾美學產生共鳴的作品往往會被刪改或淘汰。然而，《愈混樂隊》卻反其道而行，其出版方式與音樂團隊雖皆是以流行歌的常見樣式，但歌曲製作上卻挑戰了許多可能，不僅是單純將口白入樂，同時也不斷進行各種音樂實驗，如〈錯不在我〉中，到口白一節時，夏宇念起《Salsa》的詩句，而演唱者仍持續重複主歌的「錯不在我我被誘惑……」，此主唱的不停重複使得人聲彷彿退居為背景音的存在，口白一躍而成主要的敘事者，顛倒了過往常態；或在〈Bad Trip〉中，多人一同念口白，由夏宇起首，其他人在短暫間隔後跟著念同一首詩，期間並無任何樂器搭配，使得眾人混雜的口白同時擔當了主唱與配樂，挑戰了既有的音樂認知。[34]除了口白的實驗外，當中也有歌本有夏宇詩作但曲中無人聲的作品如〈更趨向存在〉、〈進入黑暗的心〉等，藉由器樂演奏出的氣氛呈現詩意，將對詩句的感受轉引為器樂，使詩與歌互文對話。另外，專輯中也嘗試著將日常聲音入樂，如〈Transported, Taipei〉，即是將臺北捷運所發出的機器音與例行廣播，藉由混音

（臺南：國家臺灣文學館，2006），頁51。
[34] 夏宇等：《愈混樂隊》（臺北：陳柔錚出版，2002年）。

技術搭配電子音樂重製成歌。

在過去的討論中，《愈混樂隊》被視為夏宇觸碰詩歌界線的初步嘗試，[35]我認為同時也是夏宇將噪音的概念融入創作中的首次呈現。在此張專輯的歌本中，最後的插頁附上了一句：「讓噪音想法更為具體」，即表明了《愈混樂隊》的實驗性，其噪音之意顯然取自聲音藝術對噪音的理解。

如凱奇（John Cage）在《沉默：演講和寫作》（Silence: Lectures and Writings）中的宣言：「如果『音樂』這個詞是神聖的，是18、9世紀樂器的專用詞，我們可以用一個更有意義的術語來代替它：聲音的組織。」[36]其所倡導的即是重塑人們對「聽」的理解。換言之，音樂並非是樂器所獨有的，任何的聲音經過組織都可成樂，《愈混樂隊》所嘗試的便是將口白、雨、交通甚至是詩的「噪音」納入流行歌的框架中，從具體實踐上體現了聲音藝術的精神。

但必須指出的是，《愈混樂隊》的詩歌實驗如前言所述是「傳統與前衛的混」，即既非傳統也非前衛，而是佔據了一個新的位置。從作品中可以看出《愈混樂隊》絕大部分的歌仍是在流行歌固有形式上做出改變，而非是以「驚嚇」（shock）衝撞既有體制。與其說是反抗傳統，更像是干擾傳統，此曖昧含混的態度與夏宇在這一時期對詩與歌的看法類似，如詩人在〈一手寫詩，一手寫詞〉中，談其《愈混樂隊》現場演出經驗時所言：

> 我感覺那是自音樂解放出來的現代詩對音樂還存有鄉愁，而偶爾產生的一種「想融入音樂的衝動」而想要的走音和偏離……而，自始至終地想要的逃走……[37]

---

[35] 楊瀅靜認為：「愈混愈對的初步，是將詩與歌詞放置同一首歌裡，以口白與音樂方式結合，這是一種過度階段的努力」參見氏著：〈黑與白的愈混愈對－從《這隻斑馬》、《那隻斑馬》看夏宇歌詞與詩之間的關係〉，《臺灣詩學學刊》，頁48。

[36] John Cage, Silence: Lectures and Writings. Connecticut: Wesleyan University Press (1961), p.3.

[37] 夏宇：〈一手寫詩，一手寫詞〉，《這隻斑馬》，無頁碼。

在過去，夏宇對詩與歌看法為涇渭分明，寫詩的夏宇為自己而寫，作歌詞的李格弟則是為換取日常所需。但在《愈混樂隊》創作時，兩者的界線逐漸模糊，原本互不打擾的身分彼此交融，作為噪音的現代詩試圖再次回歸音樂，卻又會因自己帶來了「走音和偏離」而想要逃走。於是，為了加入其中，《愈混樂隊》所呈現的噪音並非如過往的聲音藝術般的鋒芒畢露，而是悄悄的丟下一顆石頭，溫和地在靡靡之音的秩序中激起漣漪。

如賽荷（Michel Serres）在《寄食者》中所言：「雜訊造成毀滅，也產生恐懼。但秩序與扁平的重複卻貼近死。雜訊滋養另一個新秩序。」[38]在已標準化的流行歌產業中，總是不停重複相同的感官體驗，而《愈混樂隊》的誕生正是期望以噪音改變生態，活化宛若死水般的流行歌，雖然以口白詩入歌至今仍屬小眾，但每隔一段時間即可見到當紅歌手或獨立樂團的口白詩歌創作，持續留下迴響。[39]

之後，夏宇繼續試圖讓詩跟歌混合，如詩人在2004年時於〈一手寫詩，一手寫詞〉中所言：「從前涇渭分明，因為不想打擾對方，現在愈混愈對因為想好好地互相打擾一下」[40]，並陸續發表加入口白的音樂作品。然而，詩跟歌詞仍有許多不同，就算在《愈混樂隊》中夏宇成功讓詩透過口白融入了歌曲，但要讓歌詞成為詩卻有許多困難擺在眼前。就如前一小節所述，歌詞的創作受到許多外部性因素干擾，詩則相對自由，夏宇也曾表示：「詩可以寫得不知到哪裏是刀柄哪裏是刀鋒但是歌你最好寫得像一把實實在在的小刀」[41]。另外，「歌詞可以獨立存在嗎？」[42]也是夏宇所考慮的問

---

38 米歇爾・賽荷著，伍啟鴻、陳榮泰譯：《寄食者》，頁219。
39 如魏如萱與夏宇的〈勾引〉、Hello Nico與夏宇〈我們苦難的馬戲班〉、王榆鈞與時間樂隊的〈假面遊行〉等。
40 夏宇：〈一手寫詩一手寫詞〉，《這隻斑馬》，無頁碼。
41 夏宇：〈一手寫詩一手寫詞〉，《這隻斑馬》，無頁碼。
42 夏宇：〈一手寫詩一手寫詞〉，《這隻斑馬》，無頁碼。

題，流行歌的誕生是眾多不同專長的創作者合作而來的，歌詞的一字一句也會配合著旋律、歌手定位與市場考量做更動刪改，需要用別的方式「據為己有」。

直到2010年，《這隻斑馬》與《那隻斑馬》一同問世，夏宇以李格弟的口吻在後記〈十匹騾子交換一個廝混的黃昏——H與L的對談〉中宣告了第六本詩集的到來，也宣告了歌詞正式成為了詩。此種觀念的轉變也成為過去評論的著力之處，如楊瀅靜即對此做出分析：

> 《這隻斑馬》、《那隻斑馬》具有夏宇一貫對文字體制的反抗精神，於是貨真價實的成為夏宇的第六本詩集，也宣告了一種詩歌同源新品種的「靡靡之音詩」的誕生。[43]

楊瀅靜此處的看法建基於對夏宇自身的書寫史的觀察，帶入夏宇本身的創作意識，認為此處歌詞本能成為詩集就在於「對文字體制的反抗精神」。而李癸雲基本上也持相同的看法：

> 「唯一可以抵抗噪音的就是靡靡之音」意即，唯一可以抵抗革命性格的現代詩，就是匯聚群體情緒與認同的流行歌詞；唯一可以讓噪音不獨佔詩義位置的，就是宣稱靡靡之音也可以是詩。[44]

李癸雲以「噪音」概念回觀夏宇的創作史，如上一章的分析噪音時奚密所言，「噪音具有斷裂、介入與批判的精神」，而身為

---

[43] 楊瀅靜：〈黑與白的愈混愈對－從《這隻斑馬》、《那隻斑馬》看夏宇歌詞與詩之間的關係〉，《臺灣詩學學刊》，頁55。

[44] 李癸雲：〈「唯一可以抵抗噪音的就是靡靡之音」——從《這隻斑馬This Zebra》談「李格弟」的身分意義〉，《臺灣詩學學刊》第23期，頁182。

「靡靡之音」的《這／那隻斑馬》，所代表的則是另一極端的屈從與煽情，於是成為能夠抵抗噪音的最佳利器。

然而，就如《這隻斑馬》的再版後記所言：「我以為黑白斑馬是本歌本彩色斑馬是本詩集」，[45]夏宇以李格弟的口吻明確指出了兩者形式上的具體差異，若說靡靡之音已抵抗噪音，在精神層次上因此成詩，那兩本的文字內容一致，應當兩本都是詩集而無差異才是。也因此除了從夏宇自身的創作史回觀外，還必須注意《這隻斑馬》與《那隻斑馬》形式上的差異，而這將在本章第五節詳述。

總的來說，夏宇對詩與歌詞的看法一開始是決然二分，寫詩的起點是興趣，寫歌詞的初衷卻是生計，同時寫詩不為了誰而寫，但寫歌詞卻必須為了城市與愛情發聲。到2002年時，夏宇的觀念鬆動，開始嘗試了兩者的混合，並在《愈混樂隊》中藉由口白讓詩得以入歌，而此樣的「混種」創作也持續至今，夏宇仍不時與其他音樂人合作，如魏如萱的〈勾引〉、Hello Nico的〈我們苦難的馬戲班〉等。到2010年後，夏宇從形式上找出突破口出版了《這隻斑馬》與《那隻斑馬》，並透過後記將李格弟推上臺前，宣告靡靡之音詩的誕生。至此，詩與歌詞的關係終於「愈混愈對」。

四、流行歌詞寫作技術與現代詩的音感

流行歌詞的書寫受到許多外部因素影響，上一節本文以夏宇的附錄與流行音樂相關論述切入，專注的是市場、製作商乃至整個時代氛圍對流行歌詞的要求。在本節，將回歸至技術上的討論，即流行歌詞寫作時在歌曲結構與旋律上的配合。

---

[45] 夏宇：〈十四顆子交換一個廝混的黃昏——H與L的對談〉，收錄於《這隻斑馬》，無頁碼。

（一）流行歌詞的結構

　　在流行音樂標準化的年代，唱片工業已經為流行歌發展出一套固定的結構，大致上可分為前奏（intro）、主歌（verse）、導歌（pre chorus）、副歌（chorus）、間奏（bridge）、橋段（bridge）、間奏（inter）、獨奏（sole）、尾奏（outro）等等，由此延伸的主歌－副歌的循環是當代流行歌的經典樣式，當然這些要素並非都要出現，例如有許多歌會省略橋段與獨奏，也有歌將前奏調動如信樂團的〈死了都要愛〉，但整體來說，彼時市場每首流行歌在曲式結構的順序上都大同小異。

　　為了符合流行歌的曲式，在未編曲的狀況下，歌詞創作時勢必要考量歌曲的結構，並安排好主歌與副歌的位置，且由於同個段落的旋律通常一致，同段主歌與副歌之字數也不能差異過大。同時內容的安排也因「商品化」的影響而具有規律，如音樂學研究者蔡振家等人在分析市場的國語情歌時指出的，「主副歌形式的特點，就是會將最重要、最感人的素材集中於副歌，而該段落便是歌曲作為商品的賣點所在」[46]，因此主歌往往以鋪陳故事為主，在副歌則是會來到故事核心，且結尾時要有力以留下餘韻。另外，尚有一個專有名詞「hook」，指的是歌詞中「記憶點」的所在，通常出現在副歌時，讓聽眾得以琅琅上口，進而傳唱至大街小巷。而這些的規則也大都能從夏宇詞作中窺出端倪，例如〈殘酷的溫柔〉：

> 你像往常一樣的溫柔
> 牽著我的手
> 帶我到一個沒有人的地方
> 告訴我你已經不再愛我

---

[46] 蔡振家、陳容姍、余思霈：〈解析「主歌－副歌」形式：抒情慢歌的基模轉換與音樂酬賞〉，《應用心理研究》61期（2014年12月），頁243。

你像往常一樣的溫柔
輕輕的看著我
慢慢的說但最好是分手
慢慢的說你是你我是我
你如何還能這樣的溫柔
當我的淚如同流星墜落
你如何還能這樣的溫柔
當我的心已不能完整的拼湊[47]

　　本歌原由趙傳於1989年演唱，並在1991年時由齊秦以〈殘酷的溫柔〉為歌名之翻唱。此歌是主歌1、主歌2、副歌的循環結構，兩段主歌的開頭都是「你像往常一樣的溫柔」，先為情人的形象定調，之後鋪陳分手的過程，循循道出故事的背景，「溫柔」實為對情人冷酷離去的諷刺。而在兩段主歌後旋律改變進入副歌，進入歌曲的高潮，夏宇以「你如何還能這樣的溫柔」開始觸及深處的情感，此句同時也是此歌的hook，以問句的方式呼喊著情人分手的神情，藉由「殘酷」與「溫柔」的對比強化了情感的釋放。

　　當然，彼時流行歌的曲式雖然類似但也並非一成不變，在結構上稍加變化往往能帶來新鮮感，例如〈城市英雄〉：

如此這般的走著在天空與地面之間你是一個城市英雄
如此這般的活著在未來和過去之間你是一個城市英雄

每天早上我都看見你匆匆忙忙走在馬路上
帶著一付冷漠的臉孔和一顆焦燥的心靈
你已經有點老老得來不及離家出走

---

[47] 夏宇：《這隻斑馬》，無頁碼。

你有過幾次失敗的戀愛和一些未曾實現的理想
你有三雙皮鞋五條領帶和一份固定的工作
一份固定的薪水和一個光明的未來

每天黃昏我都看見你規規矩矩走在馬路上
帶著一副疲倦的臉孔和等待溫情的心靈
你已經有點老老得來不及離家出走
要穿過擁擠的城市回家去享受一頓豐富的晚餐
看看電視聊聊天喝喝茶也許你才是一個
一個真正的英雄粉碎了神話的空洞[48]

　　此歌由李麗芬演唱，故事以上下班時間的人物樣貌作鋪陳，並透過生活物件如「你有三雙皮鞋五條領帶和一份固定的工作」與外表「你已經有點老老得來不及離家出走」以及背後故事「你有過幾次失敗的戀愛和一些未曾實現的夢想」，以平靜的口吻講述著城市中隨處可見之小人物的一天。雖然平凡，這樣人物在夏宇筆下卻是城市的英雄，如「一個真正的英雄粉碎了神話的空洞」所言地道出安穩現實的偉大。而在結構方面，「如此這般地走著……你是一個城市英雄」實際上是本歌的副歌也是hook，不過卻放在主歌與前奏之前，並重複出現了五次，再配合臺灣當時少見的雷鬼（reggae）旋律，點綴出不同於其他流行歌的氛圍。

　　此外，在《這／那隻斑馬》中有部分是未發表的歌詞，即夏宇已經寫好但還未譜曲的作品。從這些未發表的作品中可以看出夏宇在創作之初就已經安排好主歌與副歌的位置，例如〈吼〉：

　　一陣詭異的風即將吹走一個快要傾倒的國度

48　夏宇：《這隻斑馬》，無頁碼。

一陣大霧模糊了一路走來清晰的腳步

一陣暴雨不由分說彷彿我的怒吼

我真的不懂你要一個愛人還是一個寵物

我把整個世界擺在你的前面予取予求

你只要超級市場抽到的禮物

在最深的深夜我在心裏嘶吼

我讓你走我讓你走

我讓你走我讓你走

一陣狂亂的風即將吹走一個快要崩潰的國度

一陣大霧模糊了一路走來清晰的地圖

一陣暴雨狂壓彷彿我的咆哮

我開始不懂你要一個愛人還是一個室友

我想要把你帶到世界盡頭一路相守

你卻只要每天看著電視就夠

你會不會後悔當你聽到我的狂野嘶吼

我讓你走我讓你走

我讓你走我讓你走

　　從詞意來看，本歌描述著因情人不當的舉動而失望的女（男）子，透過浪漫與現實的對比凸顯情人的無能，生動地將瀕臨崩潰的情緒躍於紙上。而本歌的結構非常工整，重複的小節間字數幾乎一致並且符合前述主歌與副歌的要求，在主歌時先是描述敘事主體的情緒並以生活的事件做舖陳，兩小節最後的三行則是副歌的所在，進入敘事主體的內心戲，而「我讓你走我讓你走」則顯然是歌詞中的hook，以重出的方式勾動聽者的感官，可見就算還未譜曲，夏宇也以預設好整首歌曲的走向。

　　而在《這／那隻斑馬》中大部分的歌詞只要搭配旋律來聽通常

都符合流行歌的結構，不過其中也有許多超出範式的歌曲，但這些歌曲大部分都來自於《愈混樂隊》或是與幾米音樂劇合作的歌，前者由於口白的加入與獨立出版的性質，後者則是配合著音樂劇的故事，在某個程度上來說自然不必迎合唱片工業的規則。

（二）旋律與四聲的配合

除了主歌副歌等結構性的配合外，旋律與四聲等格律上的搭配亦是歌詞寫作的重點所在。當代的華語流行歌詞在格律上雖無硬性規定，但仍有些準則隱藏其中。

不過，現代歌詞格律的研究相當鮮少，大部分的歌詞研究主要集中在內容的探討，甚少觸及寫作技術的層面。在這當中唯陳富容的〈現代華語流行歌詞格律初探〉一文較為有系統地歸納當代流行歌詞的準則，在此文中作者透過古典格律與現代歌詞的對比提出五個規則，分別為「歌詞字數之講究」、「意義形式與音節形式的配合」、「韻字密度及諧韻的要求」、「文字聲調與音樂旋律的諧調」與「歌曲聲情與辭情的調和」。[49]除了一般人容易注意到的字數、韻腳外，陳富容特別搭配了譜例分析旋律與歌詞兩者間的關係，深入了常人較難以察覺的部分。

然而，陳富容的操作方式不一定適用於夏宇作品的分析。原因在於陳富容所專注的是「填詞」的問題，也就是在「先曲後詞」的狀況下旋律是如何影響作詞人的書寫。而「先曲後詞」也是在詞曲不同人時製作上的常態，這在於歌詞常常必須符合歌手的偶像形象，於是便會出現選歌時音樂可以但詞不太符合的狀況，此時製作人大都會將填詞的工作發包出去，邀請作詞人為已寫好的曲填詞。

而從附錄的內容來看，夏宇早期的歌詞作品卻大都是「先詞後曲」。如詩人在為《現在詩》所刊登的十四首詞作寫的前言：「這

---

[49] 陳富容：〈現代華語流行歌詞格律初探〉，《逢甲人文社會學報》第22期（2001年6月），頁75-100。

些歌有些因人而作，有少數是應邀『填詞』，大部分則是迫於生計自行寫了到處兜售，有些真是花了好多年才賣掉。」[50]可見夏宇的作詞方式與業界常態不太一樣，這使得作品中除非詩人曾明確指出過作品的創作過程否則難以判斷，僅能透過在《這隻斑馬》出版時未發表但後來經過譜曲，並且有用字改變的作品進行回溯式的推斷。

　　雖然例子稀少，但仍可以推測夏宇在創作時仍有配合著旋律以改變用字，例如〈影子的影子〉原版本的第一節：

　　你曾經是我的影子我習慣了你當我的影子
　　不管什麼時候我總是習慣回頭[51]

在譜曲後變成：

　　｜你曾經是我的影子｜我習慣了你當我的影子｜
　　｜不管什麼時候｜我總是喜歡回頭｜

　　本歌由田馥甄於2011年演唱，收錄於專輯《My Love》中。與《這隻斑馬》的版本相比，兩者差異不多，唯第四行的「我總是習慣回頭」改成「我總是喜歡回頭」。會更改的原因可從旋律來推測，如陳富容在「文字聲調與音樂旋律的諧調」一節中所言，由於聲調在唱歌過程中會因旋律而改變，尤其是入聲字若是搭配上揚的音高聲調即會跟著提高，導致唱出來後容易使聽眾誤解，因此必須盡量避免。[52]而這樣唱出來後改變聲調的現象可能即是夏宇改變用字的原因，在歌曲中，前一句的「我習慣了你當我的影子」，旋律

50　夏宇：〈痛快很痛快樂很快貓最重要〉，《這隻斑馬》，無頁碼。
51　夏宇：〈影子的影子〉，《這隻斑馬》，無頁碼。
52　陳富容：〈現代華語流行歌詞格律初探〉，《逢甲人文社會學報》第22期，頁89-93。

音調平穩，「習慣」二字並不會因此改變聲調，然而到「我總是喜歡回頭」時一句的旋律是，由於「喜歡」二字的音高從b7一口氣提高到5#，若維持原版本「習慣」二字會使得聲調改變成「習觀」以致聽不懂，這或致使「習慣」改為「喜歡」，讓第二個字成為平聲字，以符合旋律的走向。

而同樣有在譜曲後改變用字的歌詞還有〈烏托邦〉的第一節：

> 地上躺著一隻錶
> 錶蓋破了時間滿出來
> 淹到你的腳踝
> 淹到你的膝蓋你的手心
> 淹到你的肩膀
> 你的頸項你的耳朵你的鼻尖[53]

譜曲發表後，在斷句與用字上做了一些調整：

> ｜地上躺著一隻錶｜錶蓋破了時間滿出｜來　淹到｜你的腳踝｜
> ｜淹到你的腿你的腰｜淹到你的肩膀你的｜頸項你的耳朵你的｜鼻尖｜

本歌由田馥甄演唱，在譜曲後歌詞為了適應節奏的要求，將原本分為六行的歌詞打散，並將兩個字的「膝蓋」與「手心」更改為「腿」與「腰」，顯然是為了節奏與旋律的相合，以符合四個小節為一段的要求，免得演唱時過於急促。

任何寫作都有其限制與規則，流行歌詞與現代詩儘管有類似

---

[53] 夏宇：〈烏托邦〉，《這隻斑馬》，無頁碼。

的分行觀念與邏輯，然而詞作尚有服膺於流行歌音樂考量的運作方式，牽引了用字的走向。以上的例子凸顯了流行歌媒介介入書寫的形貌，不過，此一趨勢在夏宇創作中不單顯現於流行歌的寫作中，在其現代詩寫作中也浮現為一種獨特的「對聽覺的考量」：

> 填詞的限制當然就是字數，固定的格式（A1B1C1 A2B2C2……）固定的hook的位置，副歌要拔高結尾要有力等一成不變。除了這些，必須講究旋律與字的四聲的咬合度，以及避免同音字以及有些字唱不出來，有些字唱出來聽不懂，這些我後來發現多多少少影響到我寫詩時對聽覺的考量。最近的一個作品〈要不要就一起加入共產黨〉就是只用字的音感去寫，果然後來就發現他很適合念而不適合解讀。[54]

在此，夏宇所言的「音感」顯然與詩學論詩時常談的音樂性不太一樣，現代詩學上的音樂性建基於字音，以斷句、語調、韻腳，達成語句節奏上的重出與連貫，其傳統可追溯至中國五四時期新詩剛創之時，藉由舊詩讀法的延續以讓當時讀者接受，甚至為新詩譜曲以符合詩可吟可唱的觀念。[55]然而，在此夏宇的「音感」顯然並非源於傳統詩學中韻文的格律，而是彼時歌詞寫作技術的考量。

〈要不要就一起加入共產黨〉原詩收錄於《現在詩02：來稿必登》中，從文意與背景來看，本詩為響應「來稿必登」此「行動詩學」之壯舉所作，詩中之「共產黨」、「天體營」、「肥肉」皆有反主流文化的意涵，為襯托出「來稿必登」這一行為所隱含的反抗

---

[54] 夏宇：〈一手寫詩，一手寫詞〉，《這隻斑馬》，無頁碼。
[55] 關於新詩甫創之時對音樂性的追求，可見趙元任：《新詩歌集》（臺北：商務出版，1960年），頁1-16。

「審查制度」的破壞力。

　　同時本詩具有多種版本，先後刊載於《這／那隻斑馬》與《詩六十首》中，並曾與DJ小四合作，以夏宇念口白搭配音樂的方式出單曲。正如夏宇所言，〈要不要就一起加入共產黨〉一詩「很適合念而不適合解讀」，本文在此主要關注的也是形式問題而非內容，並以第一版為主。其原詩如下：

　　　　一大塊廢料
　　　　般的那種類的
　　　　那種悶悶不樂
　　　　的導致的不滿的
　　　　也導致的類似的
　　　　無計可施的
　　　　他說你厭倦我了
　　　　我說不是的
　　　　而且我愛你

　　　　我而且真的愛你肥肉
　　　　要不要就一起加入共產黨
　　　　就可在黃昏時
　　　　感覺身處異國

　　　　的時代已經過去了
　　　　的時代還會再來

　　　　我們真的被時代感害了肥肉
　　　　大家一再好言相勸
　　　　不斷發明針對彼此的酷刑

後來也更惺惺相惜了
他說你厭倦我了
我說哪有
我只會更加愛你肥肉
似的那種悶悶不樂

一大塊廢料般那種的
要就一起加入天體營
就再沒有人會顯得支離破碎
而且即便一絲不掛
也只會顯得我更加愛你
而且我愛你肥肉
我而且真的愛你
且看看這些之不便攜帶[56]

　　在歌詞寫作中，必須考慮字音對於旋律的搭配乃至聽眾聆聽時的感受，而在此詩中，也體現了字音與語意的配合，並暗含流行歌詞寫作的規則。可以先從韻腳來看，詩句中的尾字大都以「ㄛ（o）」、「ㄜ（ɤ）」與「ㄡ（ou）」為主，乍看之下是沒有押韻的，然而這三個韻經常在流行歌詞中通押，[57]如詩中「的」、「了」、「樂」、「有」、「肉」等字即為此例。其次，從聲調來看，在流行歌詞中常會考量字音給人的感受，並與旋律相配合，如陳富容所言：

　　大致而言，配合節奏的流行，搖滾輕快的歌曲，給人俐落之

56　夏宇：〈要不要就一起加入共產黨〉，《現在詩02：來稿必登》（2003年6月），頁20。
57　陳富容：〈現代華語流行歌詞格律初探〉，《逢甲人文社會學報》，頁86。

感，字音通常短促而快捷，適合在固定的旋律節拍之中，置入較多的字數；而抒情柔和的歌曲，給人熨貼之感，字音則通常綿長而緩慢，適合在固定的旋律節拍中，置入較少的字數。[58]

　　而在本詩中，雖然並無旋律的配合，但可以推測夏宇有依照詩題的意境考量字音，可以發現詩中多用仄聲字，以短促肯定的字音呼應了內容上宣告式的表達，如本詩運用了多個「的」與「了」等輕聲字，尤其是在第一節時許多的「的」以閱讀而言實為贅字，可見其字的加入實為「音感」的考量，以加強斷句的強度同時也給人俐落之感，這即是利用字音為詩句定調。同時也可以注意到本詩經常在非字義斷點上斷句，如「一大塊廢料／般的那種類的」、「我只會更加愛你肥肉／似的那種悶悶不樂」，這種表態方式也類似於歌詞寫作時不會依照字義而是旋律做斷句。

　　這種關注字音的創作方式在夏宇過去的作品中即有跡可循，如詩人在《腹語術》後記中即曾言之：「雖然我那麼喜歡字，喜歡音節，喜歡字與字的自行碰撞後產生的一些新的聲音。音響的極端的快樂。」[59]夏宇對聲音有獨特的追求，孟樊也曾分析過，夏宇詩作的後現代特質接近英美語言詩派對於詩的訴求，這些語言詩人繼承了德希達（Jacques Derrida）的解構論述，不將語言的能指與其對應的所指視為武斷的關係，相信符號的非指涉性並關注語言的物質性，而夏宇符合的原因，即在於對字的「肉慾之愛」，與「不相信所謂『寫實』這件事」，使得詩作具有「輕指涉、重物質」的傾向。[60]而在過往的作品中，讀者能發現夏宇強調「字音」的方式大都出自於顯而易見的狀聲詞，如〈某些雙人舞〉的「恰恰恰」或

---

[58]　陳富容：〈現代華語流行歌詞格律初探〉，《逢甲人文社會學報》，頁78。
[59]　夏宇：〈筆談〉，《腹語術》，頁107。
[60]　孟樊：〈夏宇的後現代語言詩〉，《中外文學》38卷2期（2009年6月），頁207。

〈嚇啦啦啦〉中的歌唱，但此處的「字音」則是來自流行歌詞寫作技術的思維，另一種「音感」的美學，用以為詩句塑造來自流行歌「聲音」的意境，自另一方面而言，也擴張過往詩學常論的音樂性之意涵。

五、流行歌特徵與《這隻斑馬》與《那隻斑馬》的物質性[61]

與《粉紅色噪音》相同，《這／那隻斑馬》從書本形式就展露與眾不同的風格，且內容也不是常理上認為的詩作。[62]同時，兩本一套的設計也令許多人心生疑竇，夏宇在再版後記時亦曾以李格弟的口吻表示：「我以為黑白斑馬是本歌本彩色斑馬是本詩集」，[63]明確指出了兩者形式上的具體差異，但在文字內容一樣的狀況下何以夏宇做出此一區分？

關於此問題，李宗慶曾於〈制動文本：一種閱讀的拓樸〉（Cybertext: A topology of reading）一文中探討，此文以「制動文本」概念的切入並以「書本」為對象檢視了《摩擦・無以名狀》、《粉紅色噪音》與《那隻斑馬》。所謂制動文本，即一種需要讀者「參與」的文本，此種文本往往會阻礙讀者，迫使讀者行動以破除障礙，但同時讀者卻也可以左右文本的內容，不必依照傳統閱讀方式從頭讀到尾。[64]如《Salsa》其羊皮紙的設計，讀者必須藉由「撕開」方能完整閱讀一首詩，但讀者亦可選擇不撕，讓詩句斷裂或

---

[61] 本節部分內容以〈夏宇《這／那隻斑馬》中的物質性詩意〉為題，參與第二十六屆國立臺灣師範大學國文所研究生研討會，雖因疫情影響而取消實體發表，然審查期間亦承蒙審查人之指教，在此銘謝。

[62] 其中雖然有部分作品散見於夏宇其他詩集中，但除了「未發表」部分都在此二書出版前譜上樂曲成為貨真價實的歌詞。

[63] 夏宇：〈十四顆子交換一個廁混的黃昏〉，收錄於《這隻斑馬》，無頁碼。

[64] Tong King Lee, "Cybertext: A topology of reading", *Modern Chinese Literature and Culture* Vol 29, No.1 (2017), pp. 172-173.

接續另一首詩，達成一種遊戲的目的，於可讀與不可讀之間尋找詩意。

李宗慶的說法強調了外部技術在文本中的功用，《那隻斑馬》由於「橫切一刀」的驚人之舉，讀者遂能隨興地組合歌詞，符合了典型的制動文本。而不強求語句連貫的重要性，使詩意在遊戲過程中乍現與消逝，則是試圖鬆動詩此一文類的既有認知，詩意的萌發不必全然交由語言文字，而是也可以透過物質的外部技術改變約定俗成的閱讀行為而達成。也因此，李宗慶認為制動文本的概念導入，即是夏宇宣稱《那隻斑馬》不是歌本而是詩集的關鍵因素。

不過，李宗慶的分析方法多置於可組合詩句的外部技術。[65]在這一點上，本文則認為將媒介納入考量精讀後，可發現詩集的物質性尚不只如此，字體大小、顏色、形狀與橫穿詩句的白線都具有其特定意義與美學考量，並指向「流行歌」此一媒介之運作邏輯與象徵意義，以下即以《這／那隻斑馬》為例證，討論夏宇是如何透過語言之外的物質性再現音樂的感受，並解析其詩意以呈現夏宇另類的美學考量。

（一）自句形尋得節奏

2010年時，《這隻斑馬》的編撰工作進行之初其實並不順利，這可從後記中窺知一二：

> 其實斑馬一開始並沒有顯現……我和伊奇今年二月開始工作，在那之前，以鹿老早已經幫我把網路上能找到歌詞整理成一百多個公事包，鄒娜幫我把一百多個公事包打開把所有歌貼在同一個檔案上，這件事進行的無比緩慢是因為我自

---

[65] Tong King Lee, "Cybertext: A topology of reading", Modern Chinese Literature and Culture Vol 29, No.1, pp. 189-195.

己，我花了許多時間猶豫這些網路輕易可以尋到的文字，有什麼理由變成一本書，更由於這些文字的存在並不是一己之功，我必須挖空心思想美術設計，為了用一種更彰顯的方式「據為己有」哈哈。[66]

夏宇曾焦慮「這些文字的存在不是一己之功」，流行歌的生產不是一個人能夠完成的，在過去詩人亦曾言及：「這個行業沒有一個細節可單獨存在沒有一個螺絲不屬於另一個螺絲」[67]，在這個龐大的流行工業中，詩人深知自己僅是一名作詞人，所作的歌詞僅是歌曲的一部分，就如美國學者伯爾曼（Stanley Boorman）對音樂文字的質疑：「音樂是以聲音存在，它填滿的是時間不是空間。」[68]歌詞終究需要從紙本上躍出，隨著聲音唱出來才能成歌。因此，編撰過程中，夏宇並不願意僅是單純收編文字，這破壞詞之所以存在的理由，故想要「用一種更彰顯的方式『據為己有』」。

在這過程中，夏宇的初步嘗試就是將字體以一種毫無節制的方式放大，使歌詞幾乎塞滿整個版面，這樣的效果也讓夏宇不禁讚嘆：「除了就是這些字的飽滿表現外，因為歌詞本身規律的結構（A1A2C1/B1B2C2）引致的那種幾何感也是絲毫不爽地引致激動」[69]，由此可知，透過將字體放大行為夏宇發現了一種可與歌曲呼應的關係，如〈我很醜可是我很溫柔〉：

---

66 夏宇：〈十四匹騾子交換一個廝混的黃昏〉，收錄於《這隻斑馬》（臺北：夏宇出版，2011年），無頁碼。

67 夏宇：〈痛快很痛快樂很快貓最重要〉，原刊於現在詩第一期，現收錄於《這隻斑馬》，無頁碼。

68 轉引自陳慧珊：〈反思「跨界音樂」：從音樂多元本體觀論當代音樂之跨界〉，《音樂研究》第21期（2014年11月），頁37。

69 夏宇：〈十四匹騾子交換一個廝混的黃昏〉，收錄於《這隻斑馬》，無頁碼。

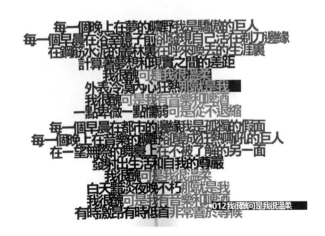

　　此歌為1987年夏宇為歌手趙傳所寫的作品，在詞意之外，若聚焦於夏宇所言的「幾何感」時可以注意到一種圖形，此圖形源自於流行歌曲中，因為配合節奏所以規定了歌詞的字數加上漢語方塊字特性而生成的規律畫面，且夏宇亦在「一點卑微一點懦弱可是從不退縮」一句後將間距稍微拉大，切割出A1B1與A2B2，[70]強調了其中的對稱，以藉由語句的「形」而非「義」的物質性，引領讀者以一種抽象的方式感受原歌曲節奏上的循環往復。而此類的物質性並非像夏宇過往詩作中，源於單一文字或詞語的注視，而是一種對「單一句子的高度專注」[71]，藉由放大字體找到的一種漢字組句之特性所延伸的長方形，強調一種另類的非指涉性。

　　在此，為類比音樂的節奏，夏宇凸出的是語句的「形」而非字的「音」，其正觸碰節奏一詞在不同藝術表現上的問題，並以物質性的手法逼近。在詩與音樂的探討中，節奏都是重要的關鍵詞，然而兩者所用的節奏卻有根本上的不同，如朱光潛在《詩論》中所言：

---

[70]　在流行歌曲創作時，通稱第一次的主歌出現為A1，副歌為B1，同樣旋律下一次出現則改變數字如稱第二次的主歌為A2，副歌為B2。

[71]　夏宇：〈十四匹騾子交換一個廁混的黃昏〉，收錄於《這隻斑馬》，無頁碼。

> 詩與音樂雖同用節奏，而所用的節奏不同，詩的節奏是受意
> 義支配的，音樂的節奏是純形式的，不帶意義的；詩與音樂
> 雖同產生情緒，而所生的情緒形式不同，一是具體的，一是
> 抽象的。這個分別是很基本的，不容易消滅的。[72]

　　朱光潛以是否有明確意義區分詩與音樂，並認為這個基本特
性不容消滅否則就會喪失詩／音樂的根本形式，並在之後再度強
調：「想把詩變成音樂，變成一種純粹的聲音組織，那無異是斬頭
留尾，而仍想保持有機體的生命」[73]，故單就文字是不可能再現音
樂所能表達的抽象效果，原因在於文字意義所具有的指涉性會干擾
音樂的抽象。然而，詩人於此處所關注的幾何圖形與文字意義並不
相同，其物質性建基於「形」故所生成的感性效果與音樂一致為抽
象、非指涉性的，且夏宇將字體放大後所生的圖形亦非憑空生成，
而是藉由遵照旋律長短的歌詞排列，其相輔相成的性質，使得圖形
具有一定的規律並與音樂節奏維持連結關係。
　　而當原歌曲演唱者的音色或音長改變並影響既有節奏時，詩集
中的字體大小也會隨之改變，如〈像一封情書〉：

062像一封情書

---

[72]　朱光潛：《詩論》（臺北：正中書局，1982年），頁134。
[73]　朱光潛：《詩論》，頁135。

本作的原歌收錄於2002年時夏宇與數名音樂人共同出版的《愈混樂隊》中，以恍然的口吻，敘述了一場為了尋找過去的邂逅而生的焦慮。第一節由歌手Faye演唱，先以桌子上的事物、拿傘的人、雲的形狀與「看我的眼睛」唱出敘事主體所見的外部場景。隨後，在「篩子盛水的夏天」時夏宇以口白切入，此截然不同於歌手的聲音與節奏可視為敘事已從外部場景切換至內部心境，原來前面畫面的頻繁切換原因即在於那「黃昏的躁鬱」所致的心不在焉，並用「時間化」、「空間化」與「肉體化」所闡述的情境象徵當下心境上的煩躁。最後一節再度回到外部場景並交由歌手演唱，同時點出躁鬱的成因即是思念著「那用假名旅行的女子」，假名一詞點出了女子的神祕，亦點出了敘事主體已然明白了那女子並非以真名與他相遇，因此這段「情書」就如她的旅行一般，只能證明假名經過了城市，當女子又換了一個假名時，這段過往也「永遠從地圖上消失」。

　　藉由歌曲的表現可知〈像一封情書〉具有明顯敘事聲音的轉換，而此變化亦呈現於《這隻斑馬》中，如「篩子盛水的夏天」一句後字體明顯地縮小，這即是呼應原歌聲音節奏的改變，表明此處為夏宇的口白，讀者遂能從其中大小的差異，進而理解敘事上外部／內心的置換。

　　不過，光是藉由字體類比音樂似乎仍是不夠的，誠如電影學者朵恩（Mary Ann Doane）對物質的理解：「一種能創造可能性的限制」，[74]以字體大小做為表現美感的物質雖創造了對歌曲節奏的想像，但限制也顯而易見，即僅有大小的變化，其能乘載的訊息不足以應付歌曲中的其他元素如旋律、調性等。夏宇雖未明言黑白色斑馬「數次崩潰幾乎無以為繼」的原因，但我們可從兩本書一同問世，且《這隻斑馬》只被稱為歌本而《那隻斑馬》是詩集的結果得

---

[74]　Mary Ann Doane, "The Indexical and the Concept of Medium Specificity." *Differences: A Journal of Feminist Cultural Studies* 18.1 (2007), pp.130.

知，夏宇找到了更豐富、更飽滿、更絢爛的方式呈現流行歌——《那隻斑馬》。

（二）從形色賦予聲音

> 後來後來……沒錯2010年是糟透了，我數次崩潰幾乎無以為繼，但同時又有一個關於這本書的甚麼念頭把我緊緊攫住，像是羅賓漢朝遠方拉弓，決定箭落下來的地方就是他要前往不再回來的地方……我把一本1984年在舊金山Chronide Books出版的，擁有1000多種配色組合的色票書，一本馬克·羅斯科（Mark Rothko）的畫冊，和一本黑封素描本快遞給伊奇，素描本裏我貼滿了各種顏色的便利貼，上面是一句句歌詞，中間且攔腰被我一刀剪開，分成四個象限，可以隨意組合分開，一些影像在我腦海裏迅速閃過……伊奇雙魚，聽說雙魚總是逆向游，夢幻迷離矛盾，不識時間，不辨方向，口齒不清，晝夜顛倒，必須等到游夠無意識之海才會丟出一個信息譬如丟來約瑟夫·亞伯斯（Josef Albers）的網站讓我沉吟良久然後又不知游向何處了……我領了紙箱，在候車室的長椅上打開，紙箱裏，兩本靡靡，一本是馬克·羅斯科版，一本是約瑟夫·亞伯斯版。我看呆了，數月前那一支射出的箭，此時才咻地一聲不偏不倚落下，這也就是前一天在睡眠中清楚夢見的書啊！[75]

面對初版的斑馬，幾乎要無以為繼的夏宇卻被一個艷麗四射的色彩想像緊緊攫住，而這樣的色彩想像出自於兩位現代主義的畫家：羅斯科與亞伯斯。

羅斯科為美國抽象表現主義運動（abstract expressionism）的

---

[75] 夏宇：〈十四匹騾子交換一個廝混的黃昏〉，收錄於《這隻斑馬》，無頁碼。

領導人之一，其領導的風潮為所謂的「色域繪畫」（color field painting），一種純粹藉由色彩表達情感的風格。自1964年後他開始創作了一系列被後人稱為「多元造型」（multiforms）的畫作，此造型特色在於僅以模糊的色塊作畫，他並將這些造型稱為「帶自我表現熱情的有機體」[76]，如其代表作《藍與黃》，只利用兩片大面積的藍黃色塊組成，以顏色自發的情感勾動觀者的感性。對羅斯科而言，色塊具有一種生命力，能將情感自我實現，在他後期的作品中幾乎都是以單純色塊組成的，拒絕任何具體造型，而夏宇言及彩色斑馬時也曾說這種想法來自於「對顏色的盲目崇拜」[77]，正可與羅斯科的繪畫理念相互參照。

與羅斯科類似，亞伯斯亦是擅長純粹、簡約的色彩運用，尤其對造型與色彩有更精準的體認，如其著作《色彩互動學》所言：「為了有效地利用色彩，我們必須認清顏色會騙人。」[78]這使得他致力於鑽研顏色間交互關係的變化。而其成名的系列畫作《向方形致敬》，更展現了亞伯斯對色彩與造型的細膩操作，方形意味著一種完美、沉穩的對稱，評論曾言這些方形「彼此間呼應，彼此間圍繞，每個方形告訴我們其可能需要與其它方形接觸才能體現自己的空間。」[79]意即方形是單一色彩的居所，且以此開展空間方能與其他色彩對話。但夏宇在《那隻斑馬》中並不是完全遵照亞伯斯方形的理念，而是「向長方形致敬」，[80]其所拉展的空間不是如方形所強調的沉穩靜態，而是以長短不一的長方形指涉歌曲的動態過程，還原靡靡之音喧鬧的抽象效果。

而在附錄對談中，夏宇指出了「而『那隻斑馬』就只是斑馬，

---

[76]　曾長生：《現代主義繪畫大師羅斯柯》（臺北：藝術家出版社，2008年），頁105。
[77]　夏宇：〈十四騾子交換一個廁混的黃昏〉，收錄於《這隻斑馬》，無頁碼。
[78]　約瑟夫・亞伯斯著、劉怡伶譯：《色彩互動學》（臺北：積木文化，2018年），頁1。
[79]　劉磊：《包豪斯巨匠阿爾伯斯》（蘭州：西北師範大學藝術學理論碩士論文，2015年5月），頁22。
[80]　夏宇：〈十四騾子交換一個廁混的黃昏〉，收錄於《這隻斑馬》，無頁碼。

約瑟夫・亞伯斯斑馬超過馬克・羅斯科斑馬」[81]，可見雖從羅斯科獲得啟發，最後仍採取了亞伯斯的版本，將形狀納入展演中。那麼，夏宇是如何於《那隻斑馬》中以形色呈現歌曲？試以〈在每一個狂野低吟的夜晚〉為例：

此歌收錄於《愈混樂隊》中，由夏宇與陳柔錚所領軍的樂團 RjGrounp 一同演唱，奏出都市男子為情而荒謬的景致。原歌曲是以抒情搖滾（slow rock）開展慢歌氛圍，此作則是用青黑色調，並以長短不一的長方形並列、延伸，以色彩的物質性彼此對話，創造出感性氛圍，賦予音樂的調性。

首句「在每一個狂野低吟的夜晚」，背後的長方形與字都以深邃的顏色指涉了「夜晚」與心境並拉起序幕，一如男子觸眼所及的城市之傾頹黯淡。到了第四句「愛過的女人一字排開」，背後的長方形抽離，此處徒留最原始的黑讓此句成為特殊的存在，回到原曲，可以發現此句正好是段落的結束，歌手正提高音調、吶喊，像是總結內心的一種發洩、徬徨與無方向的悵然，而此處的顏色設計即是呼應歌曲此時此刻的強調。

之後詩句繼續鋪衍心境，夏宇利用句形大小控制節奏。從「我

---

[81] 夏宇：〈十四驟子交換一個廁混的黃昏〉，收錄於《這隻斑馬》，無頁碼。

知道……」開始字體陡然縮小，原曲歌手此時以急促的語氣進入這個八拍，而夏宇則以擁擠地排列創造了一種緊湊感，若說前一節是對自身的「低吟」，到了此處敘事主體開始有了述說的對象，並以傾瀉的方式將秩序從外景轉為圍繞敘事主體自身的「頹廢」、「阿Q」，講述自己看似崇高而無所求的愛情觀。

隨著主歌結束，自第三節「一個人搬家後所留出來的空間」後進入口白，此部分後來收錄於《詩六十首》中的〈＿更多的人願意涉入〉，左半邊顏色較深的部分由夏宇念出，右半邊則交由歌手。如後來詩名所示，此處夏宇的加入正是那「涉入的人」，兩者的愛情觀看似極為類似，皆表達出相愛根本不重要，然涉入的人是以「毀滅重生」的循環理解，以搬家象徵舊愛人的離去很快就有新的愛人，很快地大家就會「又興奮起來」，因此當下的相愛根本沒有意義；但敘事主體卻明顯仍心繫舊愛，以「他的不重要性是我的賦予」表達出如前兩節所唱的荒謬愛情觀，提出「不重要」是為填補失戀的空洞。值得注意的是，此處原歌是以夏宇一句歌手一句的方式念出，而《那隻斑馬》中也巧妙地利用分行與顏色，使兩者在語序上融為一體，但也能自顏色中分辨差異。

最後一節又回到歌手演唱，敘事主體雖聽完「涉入的人」的意見，但失戀的人仍繼續高聲精神上的勝利，以掩飾分手的痛苦。而在「她們越驕傲我愛得越慷慨」時，字體顏色不與其他句子一樣以灰黑呈現，改以對比性極強的白色，對應整首歌，可以發現當大字的字體為白色時，正是敘事主體利用荒謬的崇高精神掩飾愛不到的痛苦。最後，敘事主體也早已知道自己在掩飾，一切看似美麗的奉獻終究只是自己的「想像力」，並以灰黑色的字體與長方形表現其黯然的心境。

而在〈氣象報告──兼論情人有時撒謊〉一歌中，夏宇則利用形式比擬了不同人的歌唱：

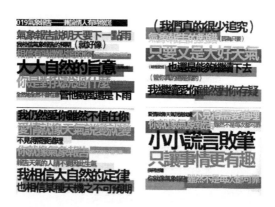

　　此作原歌收錄於《幾米幸運兒》專輯中，為音樂劇中的插曲，由多人一同演唱，全詞洋溢著愉快的氣氛，以氣象報告的不準確比擬情人的小撒謊，雖然不一定信任著對方，但只要無傷大雅仍會繼續愛著，就算是欺騙的行為也是種有趣的敗筆。而在形式上，首先可以注意本作的顏色繽紛，背後的長方形以互相交錯的淺色調為主，呼應著歌曲中喧鬧活潑的氛圍。每行的字體也大小不一，並且部分句子還以括號呈現，若回到原歌可以發現每行大都是不同人的歌唱，藉由字體大小與錯綜的排列，夏宇充分模擬了音樂劇中眾人歌唱的歡騰。

　　從上述分析，可知夏宇在《那隻斑馬》中利用了形色模擬了音樂的抽象表現，不過尚有另一種只藉由字呈現音樂的方式，如〈更趨向存在〉：

此歌原收錄於《愈混樂隊》中，其句子則來自《Salsa》的同名詩作最後一節，原詩是一首自相矛盾的詩，如翁文嫻所言：「全詩每一句、每一情節都含正反相存又相消的語意，令讀者滑溜溜地執不著，但又不會全未摸到。」[82]指出此詩一直在存在／消失之間來回辯證。而在《那隻斑馬》的表現上，可以發現本作並未有色塊以類比音樂，若從原歌著手更可注意到，這是一首只有器樂的歌，但在《愈混樂隊》的歌本上卻有歌詞，乃經由詩句改編的純器樂。紙本上亦反映此歌的特殊性，只讓字體以藍黑色點綴出音樂的調性，並利用大小的差異模擬音樂進行中的變奏。

　　另外，本作尚有一條條使得字句看似處在瓦解中的白線。這似乎並非是想單純呈現歌曲完成後，文字意義退居幕後的「成果」，更強調了原歌形成的「過程」，詩句意涵正一步步走向音樂非指涉性，不停互相穿透、指涉後消解，一如「我走音／而且無法重複走過的音」之意，走過的字音將不再重複，文字已成音樂。夏宇正是展演紙本媒介的另一種可能，以進行式的方式暴露改編與被改編間的關係。

　　由此可知，夏宇並非全然拋棄文字的指涉性，而是也會如〈在每一個狂野低吟的夜晚〉那樣，根據單一字詞符旨的形象色彩或是在情感轉變時賦予相應顏色，甚至像〈更趨向存在〉呈現改編的過程。且夏宇並非想精準地還原歌曲的細節，如《這／那隻斑馬》中也收錄了當時尚未譜成歌曲的詞作，憑藉對字的「肉慾之愛」給予想像中所感受到的音樂色彩。

　　總的來說，《那隻斑馬》的呈現更像是詩人自身潛意識中對該歌的模糊印象，以想像的方式模擬自身聆聽音樂時獲得的經驗，再轉化於紙本上，同時讀者遂能透過詩人所經營的物質性，感受歌曲的氛圍甚至是形成過程。

---

[82]　翁文嫻：〈《詩經》「興義」與現代詩「對應」美學的線索追探——以夏宇詩語言為例探研〉，《中國文哲研究集刊》第31期，頁142。

回到本節開頭的問題，何以《這隻斑馬》與《那隻斑馬》區分為歌本與詩集？如前所述，夏宇自2002年後開始嘗試詩與歌的混合，並在《愈混樂隊》中將詩以口白的方式融入歌中，解決詩的形式無法合樂的問題。然而讓歌詞成為詩卻到2010年後《這／那隻斑馬》出版後才得以實現，而夏宇的實現方式除了過往研究所指出的「對文字一貫的反抗精神」外，尚有一種藝術思維，其所言的「詩」並非全然是傳統意義上的，而是著重於一種物質性生成的體驗。

首先是以視覺類比聽覺，從字體、顏色與形狀發現「音樂」，利用了圖形與音樂的互相指涉，以紙本所能乘載的物質性達到歌曲帶來的感性效果，讓讀者不必透過聲音就能於紙本上「聽見」歌曲。其次，是透過橫切一刀的外部技術，讓讀者藉由閱讀行為達成無盡的歧異性，除了使得傳統詮釋學的方法失效，更透過了這些不斷生成與消逝的「朝生暮死」的字，指涉一首首流行歌的輝煌與殞落，就如夏宇自言這些字句總是「用得太重而不停自行折損解構而又不停地神奇地自我重生」，[83]歌詞標準化的特性在此以外部技術讓讀者得以體驗作詞人的感受。

於是，我們可以發現《那隻斑馬》即是流行歌的縮影，就如後記所言：「我真的覺得只有這樣五光十色艷俗透頂的設計才能把流行歌詞的本質在表象上澈底實踐」，[84]夏宇從眾多物質形成的「表象」中找到了歌的「本質」，且為了達成這些體驗，無論是詞、形色、外部技術都不可或缺。而此種思維方式同時也是《這／那隻斑馬》得以介入詩與歌界線的關鍵。

---

[83] 夏宇：〈痛快很痛快樂很快貓最重要〉，收錄於《這隻斑馬》，無頁碼。
[84] 夏宇：〈十四騾子交換一個廝混的黃昏〉，收錄於《這隻斑馬》，無頁碼。

第四章　噪點：
《第一人稱》的攝影與電影

一、攝影、電影與噪點

　　2016年，《第一人稱》帶著眾讀者的期待出版，採用全黑的封面與書頁，裡頭是一張張常理上會被刪去的壞照片，大部分影像底下配上一行詩句，七行可視為一首共四十三首，且每首之間亦有純照片做為過場，同時其排版上仿擬了海外電影的黑框以及隨著臺詞出現的英文翻譯，雖是靜態紙本，然整本詩集的觀感體驗仍有濃重的電影感。讀者可以只讀一行搭配著影像看，亦可隨機讀其中一首，或著僅閱讀文字或照片，也可以將整本書一起解讀，作者並沒有給任何承諾，任憑讀者自行選擇。而關於本書的創作緣由，夏宇是如此說的：

> 搭飛機去巴黎的時候，在日本轉機逛免稅店，順手就買了臺相機。拍著拍著不知不覺就拍了2000多張，一天在整理照片的時候，突然發現這些照片彷彿有某種共通性，例如速度、搖晃……這中間又彷彿呈現出某種真實性。我這麼熟悉的巴黎我從來沒有好好為它留一點光影紀錄。可是我也不是一定要拍巴黎，如果那時在羅馬我就拍羅馬。至於詩句的搭配是我看著這些照片覺得好像電影啊，我先去一個沖印店把一些照片放大沖洗出來，然後用word檔寫了幾個句子貼在照片下

方邊緣，當我把句子搭上照片的時候心裡就想：啊，我又有一個新的主意了，這本詩集的雛型也就出來了。那些詩句也不一定和照片相關，文字和照片之間是非暴力的關係，它們完全有機的生長。作的過程中只覺這本書不停在長，在找自己的形狀。[1]

　　這段創作緣由提供了許多線索。第一點，《第一人稱》是一本照片先行再寫上詩句的作品，或更精確來說是一個以充滿著「速度、搖晃」的壞照片啟發而來的作品；第二點，詩集的內容為詩人旅外生活的光影紀錄；第三點，誠如夏宇所言：「文字和照片之間是非暴力的關係」，表示了詩句與影像存在著一定程度的對話，並非決然的斷裂。最後一點，《第一人稱》的靈感與電影的敘事模式有所關聯。

　　而在檢視《第一人稱》後，可以注意到詩集封底還藏著一本僅有文字的「詩中詩」，內含中英版本，排版整齊，內容與照片下方的文字一致。就直觀來看，此詩中詩的設計或與詩集文字會因照片的色調而不清楚有關，夏宇在《第一人稱》中盡力模擬電影字幕的呈現，將中文印在照片上而非黑底處，此獨立成冊應是讓讀者可以對照，不至於因文字模糊而永遠不知其字。但此設計也可視為夏宇再次改變讀者閱讀經驗的方式，前言有提及本詩集只以照片來讀或只以詩句來讀都「可讀可感」，具有李宗慶分析《那隻斑馬》時所提的「制動文本」之意味，展現了不亞於《那隻斑馬》橫切一刀後的無盡解讀。[2]然而也必須指出的是，任何一種「讀法」也都是無法觸及全部的面向的，無論是照片、詩都能發現顯而易見的斷裂

---

[1] YannYang撰文：〈【專訪】慢速奔馳的第一人稱，夏宇回來了〉（2016年8月15日），網址：https://www.thenewslens.com/article/46019，檢索日期：2020年3月14日。

[2] Tong King Lee, "Cybertext: A topology of reading", Modern Chinese Literature and Culture Vol 29, No.1, pp. 172-203.

處，例如大部分照片的時間、地點、人物幾乎不會連續，每一首詩雖然有類似的主題卻都散亂四處而不集結，加上影像與詩的曖昧模糊，促使了本作有著豐富的歧異性。

同時，在檢視《第一人稱》的過程中，可以注意到仍有與噪音密切相關的美學概念，即攝影中必定存在的「噪點」，此為攝影器材將光信號轉換時，由於雜訊而使得相片上產生的顆粒。在此，噪點往往是攝影者極欲免除的現象，通常透過器材上的降噪或改變曝光時間來減少顆粒，然而在詩集的照片中有許多充滿噪點的照片，詩人透過文學手法將其賦予了想像，藉由模糊感轉為興發詩意的關鍵。

在前行研究中，由於《第一人稱》出版較晚，唯林芳儀在專書中的一節曾討論過。該作者主要以巴拉舍的「夢想詩學」進入夏宇的創作意識，認為夏宇打造了一部「讓想像有無限延展的可能」的電影院，其中比較值得注意的是林芳儀細細爬梳了詩中的「象」之意，並顧及過往有提及「象」的詩作，以討論夏宇詩意象是如何在語言的形體中流變。[3] 而本文的切入角度與其不同，同時部分詩作的解讀上也有所差異（主要是第四節時所引之詩），而跟其他章節一樣我將依循著媒介技術作為閱讀方法，主要探詢夏宇如何將攝影與電影作為「書寫」的養分，並指出《第一人稱》突破了過往攝影詩集的常態，從「照片與詩」過渡到「電影與詩」，展演出獨特的影像詩美學。

由於《第一人稱》有多種閱讀方法，本文將主要著重在「攝影與詩」、「電影與詩」以及「詩中詩」的閱讀，以攝影敘事與電影的相關理論為基礎，分為三個部分：首先本文將藉由羅蘭巴特的影像閱讀方法，並解析壞照片的特徵以及夏宇所在乎的「刺點」，觀察詩人是如何從照片中轉引詩句；第二部分，視角將從原本靜態的

---

[3]　林芳儀：《與日常碎片一起漂移：夏宇詩的空間與夢想》，頁199-218。

照片延伸至能儲存動態的電影，分析夏宇是如何用運用電影的敘事模式在紙本上引導《第一人稱》的進行，以豐富閱讀的層次；最後一部分，本文將以前述的探討結果為基礎，並導入史蒂格勒的攝影分析，探詢《第一人稱》中電影與攝影媒介的顯現。

二、壞照片：從刺點虛構故事

隨著現代化的到來，相機逐漸成為平價的商品並流入家家戶戶中，誠如桑塔格在《論攝影》所言：「由於照片使人們假想擁有一個並非真實的過去，因此照片也幫助人們擁有他們在其中感到不安的空間。」[4]這使得攝影與旅行有著緊密的結合，並成為一種社會儀式，透過拍照來核實經驗。時至今日，科技的進展使得人人都具有輕而易舉地將「瞬間」進行影像化的存儲工具，而對攝影哲學或美學的探討也已有豐碩成果。作為一個社會儀式，攝影已幾乎成為了任何活動的必要行為，而攝影作為藝術至今也已發展出許多流派，如繪畫主義、印象主義、新及物主義、超現實主義等等。為聚焦於例證，本文並不會一一梳理當中的理念，而是根據夏宇透漏的線索，探尋詩人特有的攝影美學與其動態化的敘事。

在《第一人稱》數百張的照片中，我們是難以看見一張常理上認為「好」的照片。許許多多照片的視角像是匆忙一瞥，構圖內的元素雜亂無章，噪點生成的顆粒處處可見，人物也常因處在動作當中因此產生運動模糊，更糟糕的是，夏宇還利用後製讓部分的照片更加的不清楚，使得人物有時連身形都難以辨識，是一張張不折不扣的「壞照片」。然而在充滿意象的詩句與照片相互輝映後，卻出現了許多出乎意料的轉折，夏宇並不是作一個忠實的再敘述，往往是只取詩與照片的其中一個元素，以一種離題或想像的姿態讓兩者

---

[4] 蘇珊・桑塔格著，黃燦然譯：《論攝影》（臺北：麥田出版，2010年），頁35。

互相創造許多諧趣、荒誕或疏離的效果。如下面幾個例子：

圖4.1　圖4.2

圖4.3

　　首先是【圖4.1】，詩句為「我的頭頂籠罩一束光」，但所搭
照片卻只取由上而下的光源之意，忽略了佔據照片構圖中最明顯的
階梯；而【圖4.2】的詩句雖為「許多爆炸許多星雲許多漩渦和許多
無所事事」，但我們看不見照片有中有任何真實的星雲或是漩渦，
僅有著一棵棵大賣場中的聖誕樹，藉由一種荒誕的方式將聖誕樹形
狀與星雲或漩渦做出類比；至於【圖4.3】，照片看似為街景中一男
一女的席地對談，夏宇為他們的動作想像了一段對話：「心靈療法
問多久以來您藉由與陌生人上床發洩恨意」，使得這樣的日常成為
一個道德上不尋常的事件。

這樣的創作過程像是從幾乎無「知面（studium）」的「壞照片」中尋找「刺點（punctum）」。上面這段話我先解釋「壞照片」的特徵，這可以先看夏宇在〈硬蕊龐克〉一詩的說法：

> 何謂壞照片
> 第一是照片沖印店老闆的定義
> 被職業美學好心好意淘汰掉的
> 我幫你省了好多錢他說
> 我說是喔
>
> 拒絕構圖的瞬間
> 去掉決定性瞬間
> 去掉歷史
> 去掉地理
> 去掉性徵
> 去掉詮釋現實的權力慾望
> 不去掠奪意義
> 不處理現實創傷
> 永遠有另一張取代
> 如此這般進入語言
> 壞照片就被稱為影像了[5]

　　詩的第一節說明了常理上的壞照片之意，可能是拍攝上的失誤而不符合美感，會被常人輕易捨去的照片，而這段敘述可能也打趣得透漏了《第一人稱》製作上所遭遇的「技術性問題」。到了第二節夏宇闡釋了更深層的壞照片的特徵，這幾乎是一個反對所有攝

---

[5]　夏宇：《羅曼史作為頓悟》，頁39-40。

影美學信條的照片，不為了「構圖」、「歷史」、「地理」、「性徵」、「決定性的瞬間」等等任何一個誘惑而拍攝，也不講求以照片記錄真實或發人省思甚至是私我的治癒傷痛，僅是拍攝一張張隨時可以被取而代之的畫面。一如詩名「硬蕊龐克」的創作方式，拒絕了任何寫歌（攝影）時該有的想法，然而也因如此，壞照片成為了另一種名正言順的「影像」。

換言之，夏宇所言的壞照片具有一種對「本質」的批判，強調了影像的「存在」並否認了攝影美學先天固有的成見，重視那些自然隨意的、宛若噪音般幾乎沒有「知面」的照片。「知面」一詞出自羅蘭巴特的《明室：攝影縱橫談》中，此為巴特看待照片的其中一種構圖規則，其字源studium為一種普通的研究之意，不具太大的熱情與興趣，可以視作一種能從觀看者自身的知識或文化的角度來欣賞的要素，而要辨認出知面往往需要理解或窺探攝影師的意圖。[6]大部分的照片都具有知面，來傳遞一種訊息，可能是神情、廢墟或者死亡等，端看攝影師的意圖。然而夏宇所注重的壞照片幾乎剝奪了以上的可能，這些照片太過於隨興、太容易被視為不好的而不會出現在他人眼前，是一種沒有訊息或是太多訊息的雜訊，但也因此充滿著虛構的可能。

夏宇對於將壞照片從真實轉為虛構這件事展現了莫大的興趣。詩人沒有將照片作為點對點的現實再現，而是從壞照片中感受「刺點」，以想像的姿態透過詩創造新的故事，關於刺點一詞巴特的解釋如下：

> 有時（可惜的是這種情況太少了）會有個「細節」把我吸引住。我覺得僅僅是這個細節的存在就改變了我的看法，我覺得我正在看的是一張新照片，這張照片在我眼裡有很高的價

6　羅蘭巴特著、趙克非譯：《明室：攝影縱橫談》（北京：文化藝術出版社，2003年），頁39-44。

值。這個「細節」就是「刺點」（刺激我的東西）。[7]

　　刺點是照片中對詩人具有極高吸引力的細節，像是一個意外之下的產物。這些刺點啟發了夏宇將之轉引出文字的慾望，也從而引導讀者於原本含混不明的壞照片中發現該張照片的焦點所在。但要指出的是，這些在《第一人稱》中從刺點衍生的詩句，顯然不是像巴特筆下為一種將照片與自身情感關聯起來後的解讀，當然夏宇的觸發點仍然與情感脫離不了關係，但夏宇透過刺點的展演更接近一種疏離自我後的創造。

　　對於知曉照片前世今生的攝影師來說從其「經驗」下手更可以讓我們讀者理解照片的脈絡，但詩人沒有這麼做，拋棄了拍照當下的經驗，而是想要「再經驗」。在此些壞照片內涵的紛雜訊息中，詩人創造故事的刺點往往是根據照片中的人、物或景來想像，這也是《第一人稱》中最常見到的方式。例如以下這張：

【圖4.4】

---

[7]　羅蘭巴特著、趙克非譯：《明室：攝影縱橫談》，頁67。

【圖4.4】似乎是在公園的一隅,照片的對比度顯然有經過調整,使得整張照片猶如油畫一般。而當中唯一清晰的面孔是右下角的老男人,神情像是帶著期盼看向左方,然而視線所及之處卻是一個顯然並不在意老男人的另一人的背影,在這樣的構圖下照片彷彿定格出一種落寞的情緒,這是由老男人的眼神所引發的刺點,引導出詩句中的「無言以對的無盡瞬間」。這可以視作讓原本抽象的詩句有了具體的形像,或者也可以說是讓具體的照片有更多的想像空間,兩者相輔相成,又比如說以下這張:

――三更半夜的尼采哈姆雷特唐吉訶德沒日沒夜的布考夫斯基該回家了

Our night-owl Nietzsches, our Hamlets and Don Quixotes, our Bukowskis who can hardly tell day from night, it's time to head home

【圖4.5】

　　【圖4.5】進入眼簾的是幾名無法辨識面容的人於街上駐足,兩旁的店家已拉上了門簾,這群人似乎是因為店家打烊而剛離去的客人。在此所搭配的詩句為「三更半夜的尼采哈姆雷特唐吉訶德沒日沒夜的布考夫斯基該回家了」,顯然是照片中人群的行為引發了

想像，詩人將這些回家的人比擬成憂鬱的哲學家、優柔寡斷的王子、看似瘋狂卻正義的騎士以及認真的指揮家，讓壞照片充滿了戲劇性。

　　而若鏡頭視角採取傾斜的角度拍攝，雖然照片是靜止的但會引起一種動態感，而這樣動感的構圖也會成為這些壞照片的刺點。這邊的例子在書中比較少見，但仍可以看出夏宇敏感地察覺到鏡頭產生的運動軌跡，如以下這張：

遇見怎麼會就像不曾遇見
Thus we will meet but why will it seem as though we hadn't?

【圖4.6】

　　【圖4.6】是一張以仰角拍攝的照片，而階梯的方向形成了「引導線」讓觀者產生往上運動中的錯覺，「遇見怎麼會就像不曾遇見」一句中其實不見任何一個該照片中具有的元素如階梯、吹薩克斯風的男人或廣告，但構圖展現了「遇見」的動態樣貌，讓詩人尋得了能結合似曾相識的意象的方式。同樣以仰角構圖的照片還有這張：

【圖4.7】

　　【圖4.7】也是一張拍攝階梯（或手扶梯）的照片，階梯的斜角再次產生引導線，加上行人的背影於是引起人們正在離去的感覺，貼合詩句「我一直想問最後為何大家都不告而別呢可我來不及問」所塑造的意境，以落寞的語氣猜測照片中人們與自己過去所發生的故事，儘管這些人都是陌生人。

　　此外，這些壞照片中有許多張是難以辨識當中的景物的，除了是曝光過久後噪點所造成的效果外，還有的原因應是夏宇拍攝時有意或無意地未拿穩所致。而這種透過噪點與搖晃產生的模糊感也成為了引發想像的依據，例如：

【圖4.8】

【圖4.8】的詩句是「可能要再花一整個世紀才能停止搖晃」，詩句中並未提及任何具體的事物，且搭配照片來看顯然刺點也不是照片內的景物，而是照片本身所呈現的搖晃感，此時詩句中的「再花一整個世紀」便萌生出了一層「等待」的意涵，搖晃是持續的，讀者在此彷彿也身臨其境，共同等待著搖晃之將息。類似的例子還有以下這張：

How can we express the sheer poetry of this?

【圖4.9】

　　【圖4.9】的詩句為「如何解釋這整個詩意重重」，而搭配此詩句的照片應是詩人在地鐵的月臺上所攝，此照片光影晃蕩，難以辨識斜角軌道上的光痕是地鐵飛速而過的軌跡，還是尚未進站的地鐵遠燈，此景順勢貼近了「詩意重重」一句的曖昧氛圍亦疊合了「如何解釋」四字，詩意是暗示、象徵、留白、再現還是想像？詩意本身便有「重重」之解讀的可能。此般因搖晃而產生的模糊感，再度成為了興發多種解讀可能的依據。

《第一人稱》中文字與照片的安排有三種模式，第一種為一張照片配合一行詩句，第二種則是僅有照片而無詩句，第三種是兩張照片搭配一行詩句，而此模式相較前二者來說較為隱晦，因為需要從詩句理解兩張照片的關聯。換言之，第三種模式的刺點並非存在於單張照片中，而是在於照片與照片之間的接點。

　　巴特在《明室》中討論刺點的例證時主要以單張照片為範疇，但我認為夏宇此種樣式的「書寫」仍有類似受刺點啟發的特徵，但並非僅存在於單張照片中，例如：

【圖4.10】

　　從【圖4.10】可以看出兩張照片是在不同的場景拍攝的，兩張照片的刻意並排在直觀上並無意義，但在詩句的牽動下卻有了解讀的空間。「把多餘的乳汁用來灌溉」指涉了左方照片畫中的女子，而傾斜的視角加上光源方向也令讀者得以察覺「向南窗口」之意，「一株植物」則是在下張照片揭曉，夏宇將一棵削莖的花椰菜至於右方，帶來了一種不和諧的幽默，似乎也隱含了用多餘的脂肪是種不出綻放的花朵。【圖4.11】也是一個幽默的例子：

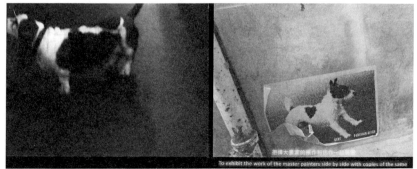

【圖4.11】

　　顯而易見地，兩張照片的狗是肉眼就能察覺出的不同，使得詩句「把偉大畫家的原作和仿作一起展覽」在與照片對照下充滿諧趣。仿作應是與原作極其的相似，但照片中狗的花色與方向卻幾乎相反，更調侃的是，哪張是「偉大畫家的畫作」？無論是偉大還是畫作都不會是會用於這些壞照片的形容，詩人用戲擬的口吻再再推翻了我們視為常理的秩序。

　　誠如約翰・伯格（John Berger）在《另一種影像敘事》曾言，每張照片都具有兩種訊息，「第一種是關於被拍攝的事件，第二種則與時間斷裂所造成的驚嚇感（a shock of discontinuity）有關」[8]。大部分的觀者只能看見第一種訊息，這是對於畫面的陌生使然；第二種訊息通常是屬於拍攝者的，因為他知道了拍攝的始末。夏宇感受到了第二種訊息所帶來的驚訝，原本連續性的生活經驗被捕捉瞬間的照片孤立出來，不過詩人對重返現場不感興趣，詩人更想要像第一次看到照片的陌生人一樣，隨意為照片創造戲劇性，在這一刻拍攝者成為了觀者，並給予了照片新的經驗與意義。

　　然而，壞照片的特性以及藉由刺點而生的詩句使得這份新經驗更加迷離，意義也更加的撲朔。照片本身具有的曖昧含混與詩語言

---

[8]　約翰・伯格著，張世倫、張照堂譯：《另一種影像敘事》（臺北：城邦文化，2011年），頁93。

的非指涉性，光是一張照片一行文字就已經有著眾多解讀的可能，也興起了照片的真實與虛構之辨證。

　　雖然攝影主要以真實世界作為素材，也假設了某一事件的曾經發生，同時由於其捕捉真實細節的能力，相較於繪畫或是文學，照片具有一種更為嚴格的透明性與可信度。然而，誠如桑塔格所言：「攝影師所做的工作也普遍要受制於藝術與真實性之間那種通常是可疑的關係。」[9]換言之，攝影師本身也會根據自己的意識形態、美學標準與倫理考量而改變攝影的角度或採取照片的汰選，因此照片雖然具有強烈的真實性，但仍要與繪畫、文學等藝術般視為一種解釋現實的方式。

　　再者，攝影雖與現實世界息息相關，但不意味著照片即等同現實。與繪畫、音樂等藝術形式一樣，照片也有曖昧含混的特性，如班雅明（Walter Benjamin）所言：「圖說藉著將生命情境做文字化的處理而與攝影建立關係，少了這一過程，任何攝影建構必然會不夠明確。」[10]即指出了我們對照片的詮釋往往也依靠了文字輔助，透過了命名才使得照片成為了證據，也使其成為了可被說明的事件。

　　照片的真實性在《第一人稱》中是重要議題，這些照片都是詩人旅外生活的一隅，也是夏宇首次明確地將異國生活作為題材的詩集。照片的「可信度」往往會讓讀者陷入其為「真實」的陷阱，然而夏宇在《第一人稱》中的「書寫」卻令讀者去反思這層關係，利用了詩句將詩人的日常生活轉為「再經驗」，如詩人在後記所言的：「對經驗來說迫切需要的是再經驗」，透過照片與詩夏宇再次切入了藝術與真實性的關係，以後現代的姿態質疑了由現代工業所大量複製的真實，並帶來了無盡歧異的閱讀體驗。

　　而這本書最特別之處在於這並不是單純的照片與詩而已。誠如

9　蘇珊・桑塔格著，黃燦然譯：《論攝影》，頁31。
10　華特・班雅明著，許綺玲譯：〈攝影小史〉，收錄於《迎向靈光消逝的年代》（臺北：臺灣攝影工作室，1998年），頁54。

詩人在《第一人稱》的後記所言：「這詩與影像的結合希望被當作一部尚未開拍的電影的劇照看待」，作者還期待著讀者以觀賞電影的方式來欣賞這個作品。而在檢視後可以注意到，夏宇從電影媒介的敘事方式獲得許多啟發並導入了本書「書寫」中，這使得《第一人稱》的影像與詩不只是獨立的瞬間切片，而是一部以電影的敘事方式進行的影像詩集，打破往常攝影詩集的常態。

三、鏡頭、畫外音與剪輯：電影敘事的引入

　　不若翻譯軟體與當代流行歌，電影研究已是學院顯學，並累積了豐厚的基礎。而媒介考古學對於電影也早有著濃厚的興趣，這群學者大都對於早期電影的另類拍攝手法念念不忘，並排斥將好萊塢電影的敘事風格視為成熟的技巧，致力於挖掘與重現早期電影中那些被拋棄的技術，為經典電影史外梳理出另一條非主流的歷史路徑。[11]電影本身的多種樣貌已被有系統地歸納，其敘事方式也多有討論，因此本章大部分情況皆是以現有的研究成果作為切入視角的依據。

　　基德勒（Friedrich A. Kittler）在《留聲機、電影、打字機》中曾言：「自誕生以來，電影就一直操縱著視覺神經與時間意識。」[12]電影的問世興起了一波認識論的變動，這是人們第一次能夠儲存動態影像的技術，關於其起源雖難以追蹤，不過電影的剪輯技術實現了對於幻覺的操作，將鏡頭前的連續運動或線性時間切割開來，基德勒更以此考察傅柯的話語分析，闡釋了電影的剪輯技術是如何技術先行地成為當代哲學的奠基。[13]

---

[11]　施暢：〈視舊如新：媒介考古學的興起及其問題意識〉，《新聞與傳播研究》，頁35-36。
[12]　基德勒：《留聲機、電影、打字機》，頁135。
[13]　基德勒：《留聲機、電影、打字機》，頁136。

電影的誕生影響許多當代藝術的創作。電影的敘事方式從文學、繪畫等藝術中取經，而後回流至當代文學中，最知名的當屬蒙太奇的剪輯技術，俄羅斯導演艾森斯坦（Sergei M. Eisenstein）的《罷工》（Strike）被視為蒙太奇運動的濫觴之作，這是一種將不相關的鏡頭並置結合，取消了線性時間運作，從而使觀者感受到鏡頭之外的新概念或是另類寓意的剪接技術。艾森斯坦曾於其有關電影的論述中留下了許多蒙太奇的靈感來源，密爾頓（John Milton）的詩、達文西（Leonardo Vinci）的畫以及漢字的造字原則都是此技術得以成形的養分，可見蒙太奇與其他藝術的淵源。而後，蒙太奇也成為了許多作家的靈感，如穆時英、施蟄存等新上海感覺派的作家都曾言之蒙太奇對他們寫作上的啟發。

而在臺灣現代詩的場域中，電影技術進入詩人們的寫作中也早已不是新鮮事，羅青於1988年出版的《錄影詩學》即是此例，在此詩集中羅青以鏡頭語言作為現代詩的創作方法，並提及了錄影詩學的特色：「錄影詩，在理論上，可以動用所有與錄影相關的機器語言技巧及思考模式；但同時也可以保存相當的傳統語言手法」[14]。而夏宇的《第一人稱》顯然也能放在此脈絡下，以此觀看詩人的書寫與電影的交互關係。但這仍不是一件容易的事，主要原因在於《第一人稱》並不像夏宇的其他詩集一樣會在後記中留下詳細的創作概念，僅僅提及「電影」此一關鍵字。誠然，從《第一人稱》的設計上我們能看出夏宇塑造電影感的用心，照片與照片的並置在某種程度上也具有電影的感覺，但相信一般讀者在閱讀上應是難以將《第一人稱》與日常所看的電影有所聯想。

因此，為了理解夏宇所言的「一部尚未開拍的電影的劇照」之意，勢必需要先行理解電影的敘事模式，再以此觀看夏宇是如何將電影技術導入《第一人稱》的書寫之中。以下將處理的第一個問題

---

[14] 羅青：《錄影詩學》（臺北：書林出版，1988年），頁274。

是：照片與電影敘事上的差異為何？第二：詩在《第一人稱》的敘事中處於什麼位置？第三：這部電影是如何剪輯的？

要僅用照片來敘事在某種方式上也不是一件難事，假若拍攝的是前後連貫的場景，照片與照片的連續性幾乎沒有差異，觀者能容易靠想像補足照片間的斷裂處。然而《第一人稱》的照片排法卻幾乎拒絕了連續性，這使得本詩集從表面上來看幾乎不存在故事。

但這不代表不連續的照片就無法敘事。在約翰·伯格的《另一種影像敘事》中，曾與攝影師尚·摩爾（Jean Mohr）合作拍攝了一組影像作品〈假如每一次……〉，並企圖將這組不連貫的照片建構為故事。對於約翰·伯格來說，一連串的照片雖然因其時間、地點、與動作上的斷裂而看不出故事，但可以藉由「吸引力蒙太奇」（a montage of attractions）的方式達到敘事的效果，此詞出自艾森斯坦的說法，「認為每一個畫面剪接，都應該能引導出下一個接續出現的剪接畫面，反之亦然」[15]，在吸引力蒙太奇的作用下，照片便能類似腦海中對記憶的運作，因記憶喚醒另一段記憶，換言之一系列靜態的照片會因此與觀者的記憶彼此觸發：

> 如此被安置的照片，得以返回到一個生活的脈絡裡——當然不是指這些照最初拍攝的，那不可能返回的時間脈絡，而是指人們生活經驗的脈絡。在此，照片的含混曖昧終於成真（their ambiguity at last becomes true），得以被人們的回想（reflection）所挪用；它們所揭露、凍結的世界，變得馴服而可讓人接近；它們所蘊含的資訊，被人們的情感所滲透；事物的外在面貌，因此變成了生命的語言。[16]

約翰·伯格的說法強調了觀者的作用，照片與照片的空白處會

---

[15] 約翰·伯格著，張世倫、張照堂譯：《另一種影像敘事》，頁284。
[16] 約翰·伯格著，張世倫、張照堂譯：《另一種影像敘事》，頁285。

藉由蒙太奇的方式與觀者的生活經驗交融，並成為一個個具有溫度的「故事」。而以此方式閱讀《第一人稱》即具有許多樣貌得以展現，我們可以藉由想像進入照片的情節中，肆意補足其中的空白，以此獲得愉悅。

不過僅憑想像還是與電影的敘事有一段距離。而《第一人稱》能夠成為電影的關鍵，必是其中的敘事方式與電影有其類似處，這個問題涉及的是照片與電影本質的問題，我們需要先釐清兩者的分別。在此，我想借用電影理論家克里斯蒂安・麥茨（Christian Metz）的說法：

> 照片——電影的近親，最起碼也是老表親——從未企圖要敘述故事，即使想這樣做，也盡是模仿電影，利用空間展現其故事的連續性，而電影則是利用時間展現其故事的連續性。[17]

要將照片作為電影的鏡頭來看雖看似並無太大的衝突，兩者都是記錄真實的影像，但誠如麥茨的提示，能夠記錄動態過程是電影的可貴之處，而「時間」即是動作的條件，對於照片而言缺少時間是其敘事上致命的缺點，也使得照片永遠無法像電影一般說故事。

雖然照片無法儲存時間看似不可解，然在夾雜於《第一人稱》照片底下的詩補足了這個缺憾。詩是能將時間藉由文字描繪出來的藝術，且《第一人稱》中的詩並不是如其照片般不連貫的擺置，而是遵照著一定的敘事邏輯寫就而成，各首的主題雖不一致，但詩敘事上的連貫性便將照片的空白得以接合，就如電影中的「畫外音」，除了形式上的特色符合外也同時能指出本詩集的敘事者是誰。

---

[17] 克里斯蒂安・麥茨著、劉森堯譯：《電影語言》（臺北：遠流出版，1996年），頁65。

在分析電影的聲音時可以注意到敘事上有兩種不同的聲音，第一種為景框之內的聲音，通常是電影中人物的說話、腳步聲等音效或是物品發出的躁動等等屬於故事內的聲音；第二種聲音則是出自於景框之外的，並非來自於故事世界中，可能是背景音樂或者旁白，即畫外音。畫外音對於電影敘事有著加強連結或反諷等的效果，如後經典敘事學者西摩·查特曼（Symour Chatman）將其稱為「評述的聲音」：

> 這種畫外音──音樂或聲響或噪音──有時也被稱為「非故事聲音」，但是這個術語似乎過於空洞；稱為「評述的聲音」也許更為恰當。評述的能指更多地發揮著引申義的作用。它們既可以加強視像，也可以削弱視像，產生反諷作用（例如庫布里克的電影《斯特倫吉拉夫博士》（1961）的最後一幕，畫外音「我會在聚首，但是不知道何時何地」的唱詞對應著飛行員駕駛掛著核彈頭的飛機衝入蘇軍陣地的形象，音樂與視像不符）。能指也可以保持中性，彷彿屬於另一個故事或自身是一個獨立的存在。[18]

誠如查特曼所言，畫外音因為其來自故事世界之外，因此具有評述的能力。夏宇的詩在《第一人稱》中正如上一節所言並不是重返現場的經驗，而是疏離後的「再經驗」，這使得詩中所述與照片所言保持著一定的距離，因此並非是故事內的聲音，而是補足照片空白的故事並加強視像的效果的畫外音，例如以下這個例子：〈我的姊妹馬克白夫人居然說〉

---

[18] 西摩·查特曼著、馬海良譯：〈用聲音敘述的電影的新動向〉，收錄於戴衛·赫爾曼編：《新敘事學》（北京：北京大學出版社，2003年），頁211。

【圖4.12】

順著由右而左的順序，讀者首先可以看到一名女子正在注視一個背對於我們男人，下一張照片則是前一張的放大與調色，由於畫質變低以及黑白色帶來的氛圍便使得一股陰森的氣息油然而生，而夏宇畫外音的關鍵字「馬克白夫人」不只臆測了照片故事的細節（令人聯想起莎士比亞筆下那位刺殺丈夫的女子），更加強了對於這組故事的恐懼感。

　　而若關注《第一人稱》的「詩中詩」時，可以發現每一首都有兩種敘事聲音，即有兩種不同的畫外音。在每首七行的工整結構中，夏宇會再以五、二的方式分節，同時最後兩行會字數相等，經檢視後可以注意到，這五、二分節的敘事方式有所差異，前五行可看作推動劇情進行的畫外音，後兩行則彷彿是詩人站在更高視角進行的評述，如以下這首：

　　　　一群人令你過目即忘遠不如魚子醬讓你過目不忘
　　　　如果紅色濾鏡模擬光影的幻術
　　　　綠色濾鏡指涉現實的放逐
　　　　但是誰帶來的藍色燈泡把現場搞得藍藍的啊
　　　　你看心虛的人不但有綠色和紅色濾鏡而且有藍色燈泡

只有最壞的照片可以充分證實那無言以對的無盡瞬間
老派色情擁有詩歌和粗糙圖片讓你像熟透的水果爆炸

　　若搭配照片來看，第一節即是推動敘事的畫外音，詩人以「魚子醬」的稀有作為開頭，比喻那些以不同顏色指涉的種種生活樣態，紅色濾鏡意指白天的日常（照片為被陽光照射的房間），綠色濾鏡則是放逐自我的田園生活（照片為野外的綠原），藍色燈泡則是城市裡絢爛的夜晚（照片看似為電影院的一景，並加強藍色的色調），而擁有了以上生活的必定是「心虛的人」，也暗示了這三種生活的格格不入，只有假裝自己充實的人才可能做到。而到了最後兩行，敘事視角陡然轉變，詩人以充滿玄機的「評述」與上一節的敘事者對話，這些「過目不忘」的生活常是大部分作家們書寫的題材，但詩人反其道而行，從「無言以對」的壞照片中發現樂趣，就算粗糙圖片都能令人興奮，無須那些五顏六色的濾鏡。

　　從以上畫外音不同的敘事方式，可以得知《第一人稱》具有不同的敘事者，同時「第一人稱」的詩集名也揭示了這部電影的敘事視角，除了強調了每張照片中拍攝者所處的「位置」，化身為講述劇情的旁白與評述的旁白也都是那位「第一人稱」，同時我們讀者藉由詩與照片進入了「第一人稱」想像的這些「再經驗」中，肆意補充當中的細節，因此這是一個充滿著「我」的敘事方式，但又是「非我」的故事，一如「第一人稱」此詞的曖昧之意（到底是哪個「我」？）。與此同時，若自敘事學的觀點來看，第一人稱的受限視角亦點出本詩集獨特處，這是一本充滿許多第一人稱的作品，讀者可任意從敘事者、照片人物、鏡頭等受限視角而非「完整」的觀點進入文本，同時從其中顯而易見的斷裂蔓延出無盡的歧異。不過，作為畫外音的詩仍然無法像電影一般儲存動作，一如夏宇所說的《第一人稱》是一部「尚未開拍」的電影的「劇照」。

而《第一人稱》是如何剪輯的？這本詩集明顯不是一部以好萊塢傳統連戲剪接（continuity editing）方式來剪輯的電影，連戲剪接講求的是順暢，讓故事能在一個邏輯清晰的順序下進行，而要達成連戲剪接，鏡頭內的元素都要有一定的相似性，圖像、人物、構圖乃至燈光色調都必須尋求統一。[19]但顯然《第一人稱》完全沒有要連戲的打算，照片的擺置經常以跳躍的方式打斷觀者的注意力，一如法國新浪潮電影導演高達（Jean-Luc Godard）所善用的反傳統敘事的剪輯法，尤其是「跳接（jump cut）」與「插入與情節無關的鏡頭（nondiegetic insert）」。

　　夏宇畢業於電影相關科系，在過往的詩集或附錄中也常提及有關法國電影的種種。而高達可說是夏宇最常提及的導演（其次應是楚浮（François Truffaut），可參見夏宇翻譯的《夏日之戀》），也曾表示自己喜愛他的電影，[20]在《詩六十首》中更收錄了一首名為〈高達〉的詩作。[21]而「跳接」則是高達在其第一部長篇電影《斷了氣》（Breathless）中所開創的實驗性技巧，此手法主要用以打破時間、空間與構圖上的連貫，原本是是一種避免連戲剪接時穿幫的原則，簡單的作法即是將一個連續且構圖一樣的鏡頭從中截斷一節後再將兩端接合，此時由於中間片段的消失，此種不連貫會令觀眾感覺到鏡頭內的事物像是跳動了一下，而這種「失誤」能有效地吸引觀眾注意力，並且感受到故事時間的改變。[22]例如以下的例子：

---

[19]　大衛・鮑德威爾、克莉絲汀・湯普遜著，曾偉禎譯：《電影藝術：形式與風格（第八版）》（臺北：美商麥格羅・希爾國際股份有限公司，2011年），頁275。

[20]　夏宇：〈十匹騾子交換一個瘋混的黃昏──H與L的對談〉，收錄於《這隻斑馬》，無頁碼。

[21]　夏宇：《詩六十首》（臺北：夏宇出版，2016年），頁78。

[22]　大衛・鮑德威爾、克莉絲汀・湯普遜著，曾偉禎譯：《電影藝術：形式與風格（第八版）》，頁298。

I didn't know I'd already given my mornings away

【圖4.13】

在這一段中我們首先會注意到左方鏡頭中的女子，視角顯然是從車廂內拍攝，但到下張照片女子依舊是在同一個位置，但背景卻完全變了，視角變成從車廂外拍攝，夏宇以跳接的方式省去了中間的過往，加上詩句「我不知道我已經給了我的早上」，使讀者發覺時間的流逝。然而要注意的是，嚴格來說詩人在此的呈現僅是類似於跳接，這在於兩者的構圖上僅有女子的動作類似，背景則全然不同。然根據夏宇「先有照片」才有創作動機的過程來看，此組照片的故意並排仍有跳接的意味。

而「插入與情節無關的鏡頭」也是高達挑戰連戲剪輯的常用手法，「意指導演由一場景剪到一個非自於故事時空的象徵鏡頭」，如高達的《中國女人》（La Chinoise）當中有一幕戲，主角原先只是在講述古埃及人的相關資訊，當說到：「他們的語言是諸神的語言時」，畫面卻突然轉到遠在他方的法老黃金面具，使得觀眾被畫面突兀轉場吸引，進而去思考文字與畫面的相關性。[23]而這樣的手法通常是導演對劇中人物或劇情一種主觀的看法，也會使觀眾從劇情中抽離，令人不禁去猜想這個畫面的弦外之音。在《第一人稱》中多有這樣的表現方式，以「畫外音」的詩為劇情，但是照片卻常常出現相反的涵義，例如：

---

[23] 大衛‧鮑德威爾、克莉絲汀‧湯普遜著，曾偉禎譯：《電影藝術：形式與風格（第八版）》，頁298。

【圖4.14】

【圖4.15】

【圖4.16】

上次見面我們也提到我們喜歡的作家
我們急著說完我們所有喜歡的作家只剩下我們
只剩下我們了我與你並坐在暖氣爐邊
七百歐的月租公寓帶家具和床單還有植物
噢這麼乾淨的床單

　　按照語意，這詩看似是一首與情人所處的平凡愛情，然而每張照片卻都呈現相反的意象，首句的照片是一名獨自撐傘的人而無「見面」，第二句的照片僅有一張空蕩蕩的椅子而無「我們」，第三句的照片雖有一對情侶並坐卻是在戶外的公共場所而非「暖爐」，第四句講述房間的擺設但照片卻投向鋼筋水泥的大廈，最後一句指出了「乾淨的床單」，但觸目所及的卻是模糊雜亂且揉成一團的被子，從此來看，本首詩實際上是對平凡愛情的反諷。

　　雖然《第一人稱》中多為不連戲的剪接，但也有時候也會利用照片中不同空間的相似性來讓讀者誤以為這是相同的場景。這種剪輯技法被稱為「庫勒雪夫效果（Kuleshov effect）」，「用來統稱不用大全景，而是藉不同場地攝得的片段組合構成的空間感」[24]。例如以下這組照片：

【圖4.17】

---

[24]　大衛・鮑德威爾、克莉絲汀・湯普遜著，曾偉禎譯：《電影藝術：形式與風格（第八版）》，頁270。

【圖4.18】

【圖4.19】

　　從第一張照片中，由於傾斜的視角引導出向前走的動態感，到了第二張時我們走向看似地下道的場景，第三、四張鏡頭切換到了手扶梯的畫面與走道，不過由於色調與現代建築的相似性會讓我們誤以為同一場景，到非常絕妙的最後一張，夏宇故意選了一個空間與色調都毫不相似的照片，然而照片中門的位置卻會讓讀者乍看之下以為是地下道的出口。這也是庫勒雪夫效果的特徵，會讓觀眾難以意識到不同空間的拼貼。

　　綜上所述，可以知道夏宇有從電影技術上取經，並融入照片與詩的「書寫」中。詩人以照片作為鏡頭，以詩作為畫外音補足了時

間與情節，再藉由剪輯技術為讀者製造視覺上的幻覺並加深意義，並非僅是藉由文字達成連貫，更導引電影的敘事技巧引發不同的閱讀的效果，創造能在紙本之上放映的電影。

四、陌生人、詩、漂移以及壞照片：《第一人稱》的再經驗

　　高達是現代主義戲劇家布萊希特（Friedrich Brecht）忠實的讀者，他與布萊希特一樣反對亞里斯多德以來的戲劇概念。布萊希特強調的是「疏離」（alienation effect），認為戲劇應是一種「進行」而非「決定」，因此經常打斷觀眾當下情感的延續，拒絕讓觀眾走向單一的認知，促使觀眾得以將思考複雜化與行付出行動，所以在其獨創的敘事戲劇（epic theatre）的實踐上，布萊希特會要求演員不應該投入劇情中，甚至可以不時向觀眾對話表示演員主觀的意見，或是不讓歌曲作為營照氛圍的方式而是用來打斷戲劇進行。在「疏離」概念的啟發下，高達的電影如影評人吳振明所言是「永遠缺乏一個完整的戲劇結構」，雖然散亂，但卻能讓觀眾不會因劇情而迷失其中，進而連結現實激發辯證。[25]

　　《第一人稱》具有高達電影敘事上的特徵，劇情的編排也是如此。我們在詩集中是難以找出一以貫之的故事結構，若我們將一首詩視為一幕，可以發現前後情節之間並無因果排列，空間與時間也沒有前後關係，縱使各個主題上或有相似性，但也是四散各處，讀者雖須藉由聯想的方式理解主題，但卻也經常因照片與詩的斷裂而被中斷聯想。因此，「完整的事件」並不是這本書的重點，因為焦點已被零散化到各個結構中，詩人所做的是等待讀者參與其中並拾取這些片段，希望讀者將這些經驗「再經驗」，如「疏離」的概念

---

[25]　吳振明：〈剖析高達〉，《中外文學》第1卷第6期（1972年11月），頁68。

一般，讀者要經常反思並自行為這部電影賦予意義。

　　為了進一步詮釋，我將挪用史蒂格勒（Bernard Stiegler）後人類式的攝影分析，以攝影媒介的特質切入文本。在《技術與時間》（*Technics and Time*）系列中，史蒂格勒承繼了海德格對現代技術的解釋，然而也更加基進，認為海德格對技術的追問未見資訊革命後的繁華與混亂，仍是以人為中心、視「此有（Dasein）」啟動時間開創歷史。而史蒂格勒則擺脫了人類中心的立場，視「who（人）」與「what（技術）」為複合建構，不只是who發明了what，what實際上也決定了who的存在，即技術才是開啟時間的關鍵之鑰。[26]

　　史蒂格勒所念茲在茲的是當代技術所產生的問題以及技術如何滲透who的存在。在《技術與時間2：迷失方向》（*Technics and Time, 2 Disorientation*）的第一章〈正字書寫的年代〉（"The Orthographic Age"）中，史蒂格勒主要關心的是在何種條件下此有會將自身的歷史納入，其中「正字書寫」佔有舉重若輕的地位，其紀錄的功用使人們得以確保過去的存在且不會懷疑，但在討論文字前，為了擺脫音位中心論的誘惑，史蒂格勒決定將視角放向攝影此一技術，這在於其誕生即意味著相對於文字的另一種「精確紀錄」，同時也能顯現技術是記憶的「校正（orthothsis）」載體。[27]

　　在論及當代攝影時，史蒂格勒的討論大都建基於對巴特《明室》的細膩分析之上。在巴特眼中，照片所揭示的是死亡的回歸，逝去之物竟在眼前重現，無論經過多少歲月照片仍會保持內容物攝下瞬間的樣貌。此樣貌回應了巴特著重攝影「精確紀錄」本質的說法，認為攝影實際上與文字具有的泛指與虛構性相反，「在攝影

---

[26] 同海德格一般，史蒂格勒拒絕「人」一詞的使用，而是以泛指的who與what指涉人與技術。

[27] Bernard Stiegler, *Technics and Time, 2 Disorientation*, Trans. Stephen Barker, (California: Stanford University Press, 2009), p.13.

中，我永遠無法否認事物曾在那裡，有一個雙重性顯現其中：過去與現在」[28]。史蒂格勒同巴特般看中了此攝影的精確特質（永遠無法否認事物曾在那裡），稱其為「確鑿性（certitude）」原則，並指出攝影的意向性（noema）即是此曾在（that was）。[29]

然而，與巴特大多討論被攝者與觀看者的關係不同，史蒂格勒相較之下更看重攝影的物質性與在操作時顯露的意義，而這意義與「延遲」相結合。史蒂格勒提及一種相機中的重要系統：攝影光譜（spectrum）。攝影光譜為膠片發生化學反應後的顯像，此物件的意義在於說明了照片的本質，即「只能於延遲作用下顯現」，表明攝影的意向性正是建構於此種延遲中，看照片只能是重看，且就算這個過往是不曾活過的過往，照片的光線也會銜接觀賞者的現在與影像的過去，使得過去得以於當下重生。[30]而攝影光譜此一載體也使史蒂格勒連結了有關歷史的論述，對他而言，攝影光譜與其他媒介般正如反射的鏡子，觀賞者透過照片將自己投射於那破碎的歷史中，藉由凝視照片用以區別自我形象、鑑別主體，然而照片相對於繪畫、音樂、語言等同樣可以「反射」形象的媒介而言，照片帶來的是一種「死亡的體驗」，這在於自身（the self）會在照片中重新審視並構成自身。史蒂格勒以「去距離（de-severing）」與「綿延（extension）」兩現象說明，此二者會使自身在審視照片時產生此處與他處、過去與將來之差異，使得照片能夠顯現時間流逝並逼近自身，讓我們在照片中看見死亡。

此外，史蒂格勒對攝影詮釋的另一個有趣之處，在於強調其可「校正」記憶的面相。校正建立於照片的確鑿性，使我們不會去懷疑照片所提供的資訊，並由此影響我們記憶的準確度。[31]同樣地，

---

[28] Bernard Stiegler, *Technics and Time, 2 Disorientation*, Trans. Stephen Barker, p.14.
[29] Bernard Stiegler, *Technics and Time, 2 Disorientation*, Trans. Stephen Barker, p.14.
[30] Bernard Stiegler, *Technics and Time, 2 Disorientation*, Trans. Stephen Barker, pp.15-16.
[31] Bernard Stiegler, *Technics and Time, 2 Disorientation*, Trans. Stephen Barker, p.20.

20世紀以前負責記錄的正字書寫也承擔了此一功用，而此說也呼應了史蒂格勒一直以來的主張，即what與who的複合建構，由於愛皮米修斯的原則「遺忘」，who因此需要藉助「外部記憶」以除錯與校正，在此校正中重塑自身，若沒有這些what以補充記憶，記憶便會逐漸走向扭曲或遺忘。而要注意的是，史蒂格勒也強調「書寫不只是輔助記憶的手段，而是記憶本身」[32]，意即當技術脫離使用者以後，將成為增能輔助，這並非是who的延伸，而是who的要素之一。

　　史蒂格勒專注於攝影所帶來的確鑿性、延遲與校正。在此視野下，我們當可用以辨識夏宇此次書寫行動的創作意識，可以說，夏宇在《第一人稱》中開展的正是攝影與記憶的探問，「延遲」正是《第一人稱》的出發點，我們可以注意到詩集是這樣開場的：

> 以搖晃和煙霧產生的第一人稱
> 我沒有預備準時到達
> 遲到十分鐘對大部分情境都不是好概念
> 你不是想過要如何辨識我嗎這就是了
> 遲到十分鐘我就會為你準時出現
>
> 兩張X光片在逆光處重疊
> 遇見怎麼會就像不曾遇見

　　翻開書頁，我們首先會看到幾張黑白的壞照片，攝著城市的街景與素昧平生的陌生人，像是電影的序幕般為我們定調本部片的基本色彩。而後第一幕開始，詩人開始講述創作的起始，「搖晃和煙霧」點出壞照片的模糊，「第一人稱」則指出拍攝者的視角，這些都是「第一人稱」的照片們都不是在當下產生的，「我」因此從來

32　Bernard Stiegler, *Technics and Time, 2 Disorientation*, Trans. Stephen Barker, p.61.

就不會「準時出現」，它需要遲到才能凸顯照片的背後的訊息。最後兩行出現另一個敘事聲音，旁白開始評述這個過程，「兩張X光片在逆光處重疊」意味者照片所拍攝的場景，裡頭的訊息像重疊的X光片般彼此交融，疊出了過往生活的經驗，然而詩人感受到的卻不是對經驗的熟悉，由於攝影媒介必然的「遲到」使得詩人留意到自我分割，衍生了這裡與那裡、過往與當下的區別，使自我脫離而成為照片上的他者經驗，遇見於是就像「不曾遇見」。之後，夏宇繼續對經驗追問：

> 以鬚根分裂的第二人稱
> 你這麼善於當一個剛剛被認識的人
> 羊毛大衣上粘著狗毛
> 從冰箱裏取出冷凍鴿子你的樂隊也很好
> 第三人稱大概是逆向迎面而來
>
> 比我更模糊更遮蔽的就是他了他的汗水淚水和血
> 他難道也喜歡海水嗎他一個人就有了全部的鹽水

到了第二幕，經驗以「第二人稱」之姿從壞照片中分裂出來，詩人看到了這位「第二人稱」的日常樣貌，這張是羊毛大衣黏著狗毛，另一張是取出冷凍鴿子的動作，而這張拍下的樂隊照片將當時的音樂演奏復現，這些都是真實的生活，但卻又像是「剛剛被認識的人」。於是，「第三人稱」出現了，他「逆向迎面」而來，因為他不是忠實於照片的「經驗」，而是與之相反的、從此刻誕生的「再經驗」。在此，攝影的校正特質被凸顯，然而在夏宇的操演下此種校正並不要求逼近經驗的真實，其評述的聲音描述了「第三人稱」的面貌，「再經驗」是從真實而生的虛構，是擬造記憶的肯定性力量，比壞照片「更模糊更遮蔽」，並且包容了照片、詩人乃至

讀者們的想像。

就看那些陌生人迎面而來那不就是我的希臘合唱隊
陌生人和我再度為世界末日做好準備
我喜歡看見他們集體作為陌生人的樣子
有些時候就像其他時候我羨慕至死
看見他們那麼陌生的樣子

完全就是一個陌生人的樣子輕易被取代
輕易被另一個陌生人取代再度揚長而去

　　第三幕，照片中的陌生人成為了刺點，詩人深深著迷於這些
「陌生」的樣子，沒有連結、沒有記憶也沒有經驗，任憑虛構，於
是陌生人們成為了「希臘合唱隊」，以藝術之身進入了詩中。而在
此幕中夏宇尚利用了跳接的方式剪輯，如第三句的照片是公園中熙
攘往來的陌生人們，第四句與第五句都是同一張圖片的其中一角，
詩人快速呈現空間的轉變，並讓我們重新思考這些鏡頭內的主體，
不只得以理解「陌生人」這個主題在詩中的重要性，同時也開啟了
我們對現實中陌生人的感性想像。

我的眼睛流浪於他們的肚臍
我的腳底鑽進一朵黑雲
我的睡眠是為了那種舞踏
我的頭頂籠罩一束光
我懷疑你如何從雨中認出雨雪認出雪字認出字

蝗蟲之日書寫的人償以濃稠紙漿飽食
狼狗時分跨馬疾馳追趕那一生遺憾事

第四幕點出了「漂移」的主題。讀者可以看到一張張來自城市的一景，這些都是詩人漂移他鄉的日子，並在詩中以身體意象流淌其內，回想經驗。但到了第五句「我懷疑你如何從雨中認出雨雪認出雪字認出字」，第一人稱的「照片」詰問了第二人稱的「經驗」，在這些與當下斷裂的照片中，「經驗」是如何辨識這些訊息？那些漂移真的是雨、雪與字嗎？還是僅是當下的「再經驗」？而最後兩句的評述則道出詩人書寫「經驗」時的遲來，只能從後方奔馳以「追趕那一生遺憾事」。

> 每一秒鐘都在停駐都在凝固這是我們的冰河時期
> 每一秒鐘都在流逝都在消失那是洪水時期
> 故事需要時間沒有故事需要更多的時間
> 何其多傲慢雄蕊啊何不藉此展開層層摺疊的母體
> 容納他者以集他者的他者但主要還是他
>
> 如夢似幻的他我建議的是蒸餾法
> 蒸氣繚繞的他迷離緩拍低音帶電

　　第五幕，詩成為主題夾帶著時間出場。與照片僅留存影像不同，詩為照片容納了時間，可能停駐如「冰河時期」，可能不停流逝如「洪水時期」，於是照片藉由了詩終於孕育出了電影。而每個故事的誕生都需要時間，然而在這「沒有故事」的《第一人稱》中卻是更需要時間，以此來容納那無數的、屬於他者的「陌生人」，但主要還是「再經驗」。後兩行的評述講述了「再經驗」的「他」要如何描繪，雖已經「如夢似幻」了，但仍需要再以意象經營為重的詩來「蒸餾」，使得「再經驗」更加地「迷離緩拍低音帶電」。

　　這些主題在之後也經常是互相連動的但又各自分明，跳躍於各段情節中，等待讀者拾取。或觸及壞照片的特徵：「你可知道壞照

片裏凝固的時間也將與冰河一樣久遠」，或為陌生人書寫：「你看吧陌生人自有一套我就知道／就是他們把我變成無政府主義的」，或講述漂移的鄉愁：「土地和母親那一套自動句法滲透過旅人的心靈／即使在天涯海角也急著賓至如歸」，或討論詩為何物：「重重走私的菸草終於顯得詩之為物稍稍具體了」。

在此種結構的有意為之下，這蔓延開來的無數意象，以及照片與文字若有似無的結合會不時中斷讀者的注意力，同時身為「評述聲音」的詩人甚至還會「打破第四面牆」（breaking the fourth wall），將讀者尊稱為「您」詢問意見：「他們說我太專注形式以逃避內容物災難／我很想知道您是否和他們有不同的看法」。以上種種都不只是「疏離」效果的體現，同時也在肯定記憶的差異性，不讓讀者迷失於詩集的情節中，而是要憑自己的思考加以辯證，創造屬於自己的「再經驗」，以強大的不定性向未來開展可能。而後詩集闔上，這些再經驗又變為經驗，只等待讀者下一次的再經驗，週而復始，「那隻象不停分裂不停繁殖除不盡的 π 拍不盡的象」於焉成形。

第五章　結論

　　透過《粉紅色噪音》、《這／那隻斑馬》與《第一人稱》的媒介式文學分析，不只顯現了詩集中所記錄的媒介樣貌，也讓我們看到了媒介在文學之中的影響，展現另一種媒介與詩學交織後的美好想像。乘著近年來對於媒介－認識論的見解，在分析作家背後的文化泥土時，除了傳統的歷史背景、文化社會與文學承繼的考察外，本文主張也應思考另類媒介在文本中所扮演的角色，無論是發覺作家對媒介的洞見、探詢媒介如何牽引書寫的層次、抑或從文本中分析媒介對於社會文化的變革，都是能更全面的揭示那隱藏源流的方法。

　　在具體操作上，本文並非採取單一媒介的視角切入，主要是透過夏宇21世紀後的部分作品，分析與此些詩集相關的媒介如機器翻譯、噪音、流行歌、攝影與電影，討論其如何參與了詩人的「書寫」之中，並以此作為詮釋詩意的依據。而在探索過程中可以注意到，「噪音」在夏宇的創作史中具有連貫性上的重要意義，其詩學理念自《愈混樂隊》起萌發，並在多本創作中暗合著噪音無處不在、無法消除以及具有破壞和諧並重構的特徵，或以口白之姿將詩作介入流行歌，或透過科技製造出文字噪音，或藉由噪點展現壞照片的獨特美學，夏宇藉由噪音展現了不同尋常且充滿生命力的創作，雖擾亂了既有和諧，卻也點出更多可能。同時，本文在實踐上將媒介研究與現代詩而非小說作結合，從成果上來看可以注意到由於文類的不同，媒介的鑿痕不只全然出落於意象之間，在詩人的用

字中亦具有明顯的跡象，換言之從現代詩出發的媒介式文學分析，將能夠更微觀而細緻地探詢媒介對於銘刻技術的影響。

在第二章「雜訊：《粉紅色噪音》與機器翻譯」中，本文先行梳理機器翻譯的歷史與其內部機制，聚焦翻譯軟體Sherlock編碼過程的缺乏，聚焦詩作在中英對照下產生新的歧異。這種歧異並非源於語言的內部性因素，而是藉由外在的機器翻譯強行改變了詩句的解讀，凸顯原本看不出來的意象，使讀者在對照中英詩句後產生明顯的驚喜感。另外夏宇也透過機器翻譯發覺中文奇異的延展性，破除了舊有書寫用詞上的常規，展現了機器翻譯對於文學的創造力。而「噪音」作為貫穿全詩集的概念，本文在前行研究的基礎上補充更多關於「噪音」的意涵，論證詩集中的噪音不只在於機器翻譯本身所產出的文字噪音，形式上的透明化、翻譯前的素材、以及整體結構都與噪音特徵有密切關聯。顯見夏宇對噪音媒介的洞見，並成為其獨特的創作概念。

而在《粉紅色噪音》中，同時顯現文學與科技間的新關係。時代劇烈的變革，往往會引起不少焦慮，根據主計處統計，臺灣地區家用電腦的普及率從1990年的6.77%到2018年增長為66.79%，漲幅接近十倍，[1]電腦已成為當今生活的必需品，除此之外智慧型手機、平板發明漸漸使得工作或娛樂都須仰賴數位產品，也宣告了數位時代的到來。在文學研究者中，不乏對此現象感到憂心忡忡者，畢竟多媒體的蓬勃發展勢必會造成紙本文學的式微。[2]在時勢所趨之下，文學也開始逐漸轉化，不再全然依靠紙本，如運用數位媒體打造的新媒體文學即成為了令人雀躍的新興文學形式，也逐步受學界

---

[1]　行政院主計總處：〈中華民國統計資訊網表格：家庭主要設備普及率-年〉，網址：https://www.stat.gov.tw/mp.asp?mp=4，檢索日期：2020年1月12日。

[2]　如孟樊曾檢視當時電子文化對印刷文化的影響與取代，認為「讀書」將不再是獲取資訊的主要方式，並提出一個問題「臺灣新詩在面臨電子文化的世紀末，是否逐漸走向死亡？」，參見氏著：《當代臺灣新詩理論》（臺北：楊智文化，1998年），頁358。

關注。而另一方面，與運用新媒體「書寫」不同，許多因應數位時代而誕生的產品、術語、觀念等也開始融入傳統文學研究中，如後經典敘事學學者萊恩（M-L‧Ryan）的〈電腦時代的敘事學：計算機、隱喻和敘事〉一文，就藉由計算機術語如虛擬、遞歸、窗口和變形，以隱喻方式試圖拓寬敘事學的框架。[3]

《粉紅色噪音》並非新媒體文學，相較利用多元的數位媒介建構出來的作品，《粉紅色噪音》可說是再保守不過，仍是一本傳統意義上的「書」，但也因為其傳統，我們得以發現當中另類的文學與科技接軌之絢爛想像。如本書第二章開頭所言，本文將2007年的翻譯軟體Sherlock視為幻想媒介，其早早退場的原因在於編程上的缺陷，它無法作出準確的翻譯，但也因其缺陷，夏宇從科技中發現文學的生機，自機器翻譯的歧異出發，展現了媒介如何改變書寫乃至閱讀行為，並擴張中文的延展性，同時也在這看似文學已死的數位時代中點出了人文的位置。

我們或許可以多去思考當今科技媒介有多少已進入了臺灣作家的書寫中？目前新生代詩人已都是在數位時代下成長，他們所展現的詩藝除了本身的文學涵養外，因應媒介而生的文字形式也或多或少影響了遣字的思維，要探詢這份「影響」，勢必要理解科技媒介本身的內部機制，媒介考古學的操作方法與成果提供了許多重要的參照。而在數位時代前後，書寫用具的變化也可納入考察之中，誠如尼采所言：「我們的書寫工具也參與了我們的思維過程」，臺灣作家雖未歷經打字機此一西方脈絡的產物，然而電腦的誕生也讓作品產生微妙的變化，也生出許多電腦誕生後才有可能出現的文本（如本書開頭所分析的陳黎的〈一首因愛睏在輸入時按錯鍵的情詩〉），從媒介的角度出發，方能發現更多精彩的想像。

3　瑪莉－勞勒‧萊恩：〈電腦時代的敘事學：計算機、隱喻和敘事〉，收入於戴爾‧赫爾曼編、馬海良譯：《新敘事學》（北京：北京大學出版社，2003年），頁61-88。

在第三章「噪音：《這隻斑馬》、《那隻斑馬》與流行歌」中，則聚焦「流行歌」此一技術媒介的文化層面與寫作技術，並將《這／那隻斑馬》中的作品置於此脈絡中閱讀。可以注意到，受到標準化的影響，夏宇的詞作在內容上盡力符合偶像的形象以及大眾喜好，因此作品中大都以愛情作為主要題材，同時城市也是流行歌詞內容上的空間傾向，這使得每一首流行歌詞都有著相似的氛圍，而在實驗性質的《愈混樂隊》中，夏宇初次導入了噪音的概念，指涉加入口白的現代詩，以干擾與混淆流行歌標準化的秩序。

流行歌詞寫作上有固定的結構以及與旋律上搭配的格律，雖然夏宇寫作上大都為「先詞後曲」，但創作之初明顯安排好了主、副歌的位置以方便後續的編曲作業，同時從部分例證能看出夏宇會因應後來編的旋律而改變用字。而此來自流行歌詞寫作技術的思維，也進一步改變了夏宇在寫詩時「音感」的考量，並擴展了過往所論的「音樂性」。此外，本文指出《這／那隻斑馬》在形式上也呼應了流行歌媒介的樣貌，認為書本上外部技術、字體大小與形色表現都具有其特定意義，並指向了流行歌本身，讓流行歌能夠在紙本上演奏，並呼應了「朝生暮死的字」之意涵。同時這也是《這隻斑馬》為歌本、《那隻斑馬》能夠成為詩集的關鍵，從物質性著手切入過往詩與歌詞界線的僵局。

從《這／那隻斑馬》的案例來看，可以注意到透過媒介生成的文字形式對於文學的啟發，而在流行歌之外，如報刊、政治社論、學術論文等等，當中的文字形式也具有濃厚的媒介性，尤其是詩人的書寫對於字的淬鍊有高度自覺，媒介所產生的影響也能從詩中的遣字方式獲得更多發現，或可成為未來探討的方向。

第四章「噪點：《第一人稱》與攝影及電影」主要討論《第一人稱》是如何藉由攝影與電影媒介來敘事，本文整理了夏宇所言的壞照片的特徵，這是一種反對所有攝影信條的照片，幾乎沒有任

何知面，且畫面上充滿噪點，洋溢著隨意虛構的可能。同時本文以羅蘭巴特的「刺點」概念作為《第一人稱》中詩人如何從照片轉引詩句的方式，可以注意到夏宇從「構圖中的元素」、「鏡頭的軌跡」、「拍攝上的搖晃與噪點」與「複數照片的連貫性」作為創作的依據，使照片與詩處在若即若離的狀態中，並在斷裂處萌生詩意。藉由電影敘事的導入，本文認為詩人以壞照片做為鏡頭，以詩做為畫外音，並從電影導演高達中引用其不連戲的剪輯技巧如「跳接」、「插入與情節無關的鏡頭」，同時也善用空間的相似性達成「庫勒雪夫效果」，讓原本靜態的《第一人稱》達成宛若電影動態的放映。

其後，本文以「疏離」概念與攝影媒介的特質詮釋《第一人稱》的內容，從攝影的本質來看可注意到詩作正在探問經驗與記憶之間的關係，在自我的他者化中思考。而在這部電影中雖有幾個明確的主題，但結構上卻拋棄了連貫性，使讀者難以進入故事的劇情中，不過卻也讓讀者能憑著自己的思考而不進入作者的「經驗」，而是強調「再經驗」的肯定性力量。

若將《第一人稱》重新置於1980後影像與詩交織的脈絡中，可以注意到以電影技術作為創作養分過往雖已有羅青的《錄影詩學》，然其詩學理論為透過了將鏡頭語言化的方式建立，並上延到中國詩畫與手卷的思考。而夏宇的《第一人稱》則更為物質性的導入電影技術，除了排版風格上的仿擬與直接地透過了照片呈現，在敘事上更突破性地含納了電影剪輯技術以及畫外音的運用，展演了電影進入紙本詩集的另一種可能。與此同時，作為一本攝影詩集，《第一人稱》亦展現了不同於以往的姿態，往常攝影詩集主要為圖像與單首詩的結合，其焦點在於圖像與單一首詩詩意的互文對話，然《第一人稱》特殊的編排手法與電影技術導入，使得影像與影像、影像與詩、詩與詩互相延展出無盡的歧異性。

基德勒曾言：「即使是過時的媒介，被推擠到邊緣之後，世

開始變得敏銳起來，將反映局勢的各種蛛絲馬跡都記錄在案。」[4]
技術媒介的興起往往會激起人們焦慮、恐慌，害怕以往的寧靜一去
不返。但同時媒介所帶來的新鮮體驗也會給予興奮、甚至是令人期
待一個美好的未來。「媒介式文學分析」仍屬一個新興視角，然媒
介－認識論仍值得文學研究回應，視另類媒介為一個長期缺乏好奇
的議題，試圖呈現其在作家書寫中的重要性，畢竟無論是現在，還
是過去，媒介早已存在。

基德勒：《留聲機、電影、打字機》，頁2。

參考文獻

一、中文文獻

1.詩人文本

江文瑜：《男人的乳頭》，臺北：元尊文化，1998年。

夏宇：《備忘錄》，臺北：夏宇出版，1984年。

夏宇：《腹語術》，臺北：夏宇出版，2017年。

夏宇：《摩擦・無以名狀》，臺北：夏宇出版，2001年。

亨利－皮耶・侯歇著、夏宇譯：《夏日之戀》，臺北：麥田出版，2014年。

夏宇：《Salsa》，臺北：夏宇出版，1999年。

夏宇等：《愈混樂隊》，臺北：亞神音樂，2002年。

夏宇編：《現在詩01：沼澤狀態》，臺北：唐山出版，2002年。

夏宇編：《現在詩02：來稿必登》，臺北：唐山出版，2003年。

夏宇：《粉紅色噪音》，臺北：夏宇出版，2007年。

夏宇：《這隻斑馬》，臺北：夏宇出版，2011年。

夏宇：《那隻斑馬》，臺北：夏宇出版，2011年。

夏宇：《88首自選》，臺北：夏宇出版，2017年。

夏宇：《詩六十首》，臺北：夏宇出版，2016年。

夏宇：《第一人稱》，臺北：夏宇出版，2016年。

夏宇：《羅曼史作為頓悟》，臺北：夏宇出版，2019年。

陳黎：《島嶼邊緣》，臺北：皇冠，1995年。

羅青：《錄影詩學》，臺北：書林出版，1988年。

鄭良偉編：《臺語詩六家選》，臺北：前衛出版，1990年。

2.專書與專書論文

史宗玲：《電腦輔助翻譯：MT&TM》，臺北：書林出版，2004年。

朱光潛：《詩論》，臺北：正中書局，1982年。

李元貞：《女性詩學：臺灣現代女詩人集體研究》，臺北：女書文化，2000年。

孟樊：《當代臺灣新詩理論》，臺北：楊智文化，1998年。

林芳儀：《與日常碎片一起飄移：夏宇詩的空間與夢想》，臺北：秀威出版，2018年。

柳鳴九主編：《未來主義、超現實主義、魔幻現實主義》，臺北：淑馨出版社，1999年。

胡金倫主編，《臺灣小說史論》，臺北：麥田出版，2007年。

封德屏編：《異同、影響與轉換：文學越界學術研討會：2005青年文學會議論文集》，臺南：國家臺灣文學館，2006年。

陳平原：《中國小說敘事模式的轉變》，臺北：久大文化，1990年。

奚密：《臺灣現代詩論》，香港：天地圖書有限公司，2009年。

翁嘉銘：《樂光流影：臺灣流行音樂思路》，臺北：典藏文創有限公司，2010年。

翁嘉銘：《從羅大佑到崔健—當代流行音樂的軌跡》，臺北：時報文化，1992年。

張小虹：《後現代／女人：權力、慾望與性別表演》，臺北：時報文化，1993年。

曾長生：《現代主義繪畫大師羅斯柯》，臺北：藝術家出版社，2008年）。

黃裕元：《流風餘韻：唱片流行歌曲開臺史》，臺南：國立臺灣歷史博物館，2014年。

葉龍彥：《臺灣唱片思想起》，臺北：博揚文化，2001年。

趙元任：《新詩歌集》，臺北：商務出版，1960年。

趙毅衡：《符號學》，臺北：新銳文創，2012年。

鄭明娳編：《當代臺灣女性文學論》，臺北：時報出版，1993年。

簡政珍：《臺灣現代詩美學》，臺北：楊智文化。

鐘玲：《現代中國繆司：臺灣女詩人作品析論》，臺北：聯經出版，1989年。

大衛・鮑德威爾、克莉絲汀・湯普遜著，曾偉禎譯：《電影藝術：形式與風格（第八版）》，臺北：美商麥格羅・希爾國際股份有限公司，2011年。

赫爾曼編、馬海良譯：《新敘事學》，北京：北京大學出版社，2003年。

賈克・阿達利著，宋素鳳、翁桂堂譯：《噪音：音樂的政治經濟學》，臺北：時報文化，1995年。

約翰・伯格著，張世倫、張照堂譯：《另一種影像敘事》，臺北：城邦文化，2011年。

克里斯蒂安・麥茨著、劉森堯譯：《電影語言》，臺北：遠流出版，1996。

基德勒著、邢春麗譯：《留聲機、電影、打字機》，上海：復旦大學出版社，2017年。

麥克魯漢著、鄭明萱譯：《認識媒體：人的延伸》，臺北：貓頭鷹出版，2015年。

羅蘭巴特著、趙克非譯：《明室：攝影縱橫談》，北京：文化藝術出版社，2003年。

米歇爾・賽荷著，伍啟鴻、陳榮泰譯：《寄食者》，臺北：群學出版，2018年。

彼得・蓋伊著，梁永安譯：《現代主義：異端的誘惑》，臺北：立緒文化，2009年。

蘇珊・桑塔格著，黃燦然譯：《論攝影》，臺北：麥田出版，2010年。

華特・班雅明著，許綺玲譯：《迎向靈光消逝的年代》，臺北：臺灣攝影工作室，1998年。

吉見俊哉著、蘇碩斌譯：《媒介文化論》，臺北：群學出版，2009年。

齊林斯基著、榮震華譯：《媒體考古學》，北京：商務印書館，2006年。

3.單篇論文

于成：〈看指不看月：《留聲機、電影、打字機》方法論線索〉，《傳播研究與實踐》第9卷第2期（2019年7月），頁229-242。

江淑琳：〈Kittler與書寫─打字機與電子閱讀器改變了什麼〉，《政治與社會哲學評論》第68期，2019年3月，頁57-106。

吳振明：〈剖析高達〉，《中外文學》第1卷第6期，1972年11月，頁65-81。

李癸雲：〈「唯一可以抵抗噪音的就是靡靡之音」─從《這隻斑馬This Zebra》談「李格弟」的身分意義〉，《臺灣詩學學刊》第23期，2014年6月，頁163-187。

李癸雲：〈參差對照的愛情變奏：析論夏宇的互文情詩〉，《國文學誌》23期，2011年12月，頁65-99。

林祈佑：〈忠實的電氣局─翁鬧〈港町〉與神戶都市媒介〉，《臺灣文學研究學報》第二十六期，2018年4月，頁9-42。

林巾力：〈「反諷」詩學的探討─兼以陳黎的詩作為例〉，《文史臺灣學報》第11期，2017年12月，頁181-214。

周倩漪：〈從王菲到菲迷─流行音樂偶像崇拜中性別主體的搏成〉，《新聞學研究》第56集，1998年1月，頁105-134。

孟樊：〈夏宇的後現代語言詩〉，《中外文學》38卷2期，2009年6月，頁197-227。

施暢：〈視舊如新：媒介考古學的興起及其問題意識〉，《新聞與傳播研究》，2019年7月，頁33-53。

唐士哲：〈作為文化技術的媒介：基德勒的媒介理論初探〉，《傳播研究與實踐》第7卷第2期（2017年7月），頁5-32。

翁文嫻：〈《詩經》「興義」與現代詩「對應」美學的線索追探─以夏宇詩語言為例探研〉，《中國文哲研究集刊》第31期，2007年9月，頁121-148。

陳春燕：〈從新媒體研究看文學與傳介問題〉，《英美文學評論》第27期，2015年12月，頁127-159。

陳俊榮：〈陳黎詩作的語音遊戲〉，《臺灣詩學學刊》第18期，2011年12月，頁7-29。

陳富容：〈現代華語流行歌詞格律初探〉，《逢甲人文社會學報》第22期，2001年6月，頁75-100。

陳慧珊：〈反思「跨界音樂」：從音樂多元本體觀論當代音樂之跨界〉，《音樂研究》第21期，2014年11月，頁23-51。

黃文鉅：〈以破壞與趨俗：從「以暴制暴」到「仿擬記憶／翻譯的態」—以《●摩擦●無以名狀》、《粉紅色噪音》為例〉，《臺灣詩學學刊》15期，2010年7月，頁199-234。

黃順興：〈媒介史的末世預言：基德勒與麥克魯漢論媒介技術〉，《傳播研究與實踐》第7卷第2期，2017年7月，頁63-92。

解昆樺：〈情慾腹語—陳黎詩作中情慾書寫的謔史性〉，《當代詩學》第2期，2006年9月，頁170-213。

解昆樺：〈有趣的悲傷：夏宇〈乘噴射機離去〉書寫過程中發展之諧趣語言〉，《淡江中文學報》30期，2014年6月，頁237-276。

解昆樺：〈從圖像詩到視覺詩：中國暨義大利當代詩人視覺詩畫聯展（1984）、視覺詩十人展（1986）之理論與實踐文本〉，《臺灣文學研究學報》第24期，2017年4月，頁297-341。

楊瀅靜：〈黑與白的愈混愈對—從《這隻斑馬》、《那隻斑馬》看夏宇歌詞與詩之間的關係〉，《臺灣詩學學刊》第20期，2012年11月，頁27-60。

蔡振家、陳容姍、余思霈：〈解析「主歌－副歌」形式：抒情慢歌的基模轉換與音樂酬賞〉，《應用心理研究》61期，2014年12月，頁239-286。

蘇秋華：〈人型書寫自動機：從十九世紀魔術和召魂術討論機器書寫之鬼魅性〉，《中山人文學報》43期，2017年7月，頁45-71。

蘇秋華：〈扣擊者、電報員、鬼：從媒體考古討論狄更斯的鬼魂敘事〉，《中外文學》第46卷第3期，2017年9月，頁155-186。

阿多諾著、李強譯：〈論流行音樂（上）〉，《視聽界》2005年03期，2005年6月，頁46-49。

阿多諾著、李強譯：〈論流行音樂（下）〉，《視聽界》2005年04期，2005年8月，頁58-59。

4.學位論文

于成：〈存在論視域下的媒介觀念史：從前現代的「媒介」觀到媒介之終結〉，臺北：世新大學傳播博士論文，2018年6月。

宋淑婷：〈後現代詩之互文性：以夏宇為對象〉，臺北：國立臺北大學

國文學系碩士論文，2000年。

李宥璇：〈夏宇詩的修辭意象與其後現代風格〉，高雄：國立中山大學中
國文學系碩士論文，2010年。

李淑君：〈低限馬戲—夏宇詩的遊戲策略〉，彰化：國立彰化師範大學碩
士論文，2008年。

林妤：〈夏宇《詩六十首》／李格弟《這隻斑馬》：作者身分、市場價值
與讀者品味〉，臺中：東海大學中國文學所碩士論文，2013年6月。

林苡霖：〈夏宇詩的歧路花園〉，新竹：國立清華大學中國文學系碩士論
文，2008年。

許麗燕：〈論夏宇詩中的離散美學—以《salsa》為評析對象兼及其它〉，
臺北：國立臺灣師範大學國文學系碩士論文，2006年。

陳柏伶：〈先射，再畫上圈：夏宇詩的三個形式問題〉，新竹：國立清華
大學中國文學系博士論文，2012年。

陳柏伶：〈據我們所不知的—夏宇詩研究〉，臺南：國立成功大學中國文
學系碩士論文，2003年。

楊瀅靜：〈創化古典、鍛接當下：以夏宇、零雨的詩學為例〉，花蓮：國
立東華大學中國語文學系博士論文，2015年。

劉磊：〈包豪斯巨匠阿爾伯斯〉，蘭州：西北師範大學藝術學理論碩士論
文，2015年5月。

蔡林縉：〈夢想傾斜：「運動－詩」的可能—以零雨、夏宇、劉亮延詩作
為例〉，臺南：國立成功大學現代文學所碩士論文，2010年。

5.其他參考資料

丁文玲：〈夏宇詩集《粉紅色噪音》防水防噪音〉，收錄於《中時報系資
料庫》2007年9月16日。

行政院主計總處：〈中華民國統計資訊網表格：家庭主要設備普及率-
年〉，網址：https://www.stat.gov.tw/mp.asp?mp=4，檢索日期：2020年1
月12。

林燿德：〈在速度中崩析詩想的鋸齒：論夏宇的詩作〉，《文藝月刊》
205期，1986年7月。

孕岱琦撰文：〈我很醜，可是我很溫柔—小人物心裡的驕傲巨人〉，收

錄於《寫一首歌：MÜST音樂著作典藏計畫》，http://musttaiwanorg. blogspot.com/2016/05/blog-post_13.html，檢索日期：2020年2月6日。

萬胥亭：〈日常生活的極限：讀夏宇詩集《備忘錄》〉，《商工日報》，1985年11月24日。

賴俊雄：〈三隻小獸：內在性哲學的新世紀轉向〉，《中華民國比較文學學會電子報》第十三期，2015年6月，無頁碼。

蕭蕭：〈備忘錄─以凡人的方向思考的詩集〉，《文訊》第16期，1985年2月。

Gi Gan Bo發布：〈夏宇愈混樂隊－刺青（Rj、噬菌體、Faye）（live@2013/ 06/13地下社會）〉，https://www.youtube.com/watch?v=nWhPQJNcPeE，檢索日期：2020年2月15日。

Itsuki Fujii發布：〈【馬世芳/音樂五四三】2003.09.13夏宇專訪〉，https:// youtu.be/zYFFO98xwzk，檢索日期：2020年2月15日。

YannYang撰文：〈【專訪】慢速奔馳的第一人稱，夏宇回來了〉，https:// www.thenewslens.com/article/46019，檢索日期：2020年3月14日。

二、外文文獻

專書與專書論文

Bernard Stiegler, *Technics and Time, 2 Disorientation*, Trans. Stephen Barker, California: Stanford University Press, 2009.

David Wang, ed. *A New Literary History of Modern China.* Cambridge: Harvard University Press, 2017.

E Kluitenberg, ed, *The Book of Imaginary Media: Excavating the Dream of the Ultimate Communication Medium*, Rotterdam: NAI, 2006.

Friedrich Kittler, *The truth of the technological world: Essays on genealogy of presence.* trans. Erik Butler. Stanford: Stanford University Press, 2013.

John Cage, *Silence: Lectures and Writings.* Connecticut: Wesleyan University Press, 1961.

Kate Marshall, *Corridor: Media Architectures in American Fiction.* Minneapoli

University of Minnesota Press, 2013.

Lisa Gitelman, *Scripts, Grooves and Writing Machines: Representing Technology in the Edison Era*. Stanford: Stanford University Press, 1999.

Luigi Russolo, The Art of Noise. New York: Pendragon Pass, 1986.

N. Katherine Hayles, *Writing Machines*. Cambridge: MIT Press, 2002.

Parikka Huhtamo, ed, *Media Archaeology: Approaches, Applications, and Implications*, California: University of California, 2011.

Raymond Williams, *Keywords: A vocabulary of culture and society*. New York: Oxford University Press, 1985.

Tong King Lee, *Experimental Chinese Literature: Translation, Technology, Poetics*. Boston: Brill, 2015.

三、單篇論文

Armitage J, "From Discourse Networks to Cultural Mathematics: An Interview with Friedrich A. Kittler", *Theory, Culture & Society*, vol. 23, no. 7-8, 2006, pp. 17-38.

Elwood Shannon, "A Mathematical Theory of Communication", *The Bell System Technical Journal*, Vol. 27, 1948, pp.379-423.

Jonathan Slocul, "A survey of machine translation: Its history, current status and future prospects" *Computational Linguistics* vol.11.1, 1985.3, pp.1-17.

Leo Spitzer, "Patterns of Thought and of Etymology I. Nausea > of (> Eng.) Noise", Word, 1:3,1945, pp.260-276.

Mary Ann Doane, "The Indexical and the Concept of Medium Specificity." *Differences: A Journal of Feminist Cultural Studies* 18.1, 2007, pp.128-52.

Michelle Yeh, "Towards a Poetics of Noise: From Xia Yu to Hsia Yu", *Chinese Literature: Essay, Articles, Review* vol.30 ,2008.12, pp. 167-78.

Tong King Lee,"Cybertext: A topology of reading" *Modern Chinese Literature and Culture* Vol 29, No.1, 2017, pp. 172-203.

四、學位論文

Brian Skerratt, "Form and Transformation in Modern Chinese Poetry and Poetics",
    Diss. U of Harvard, 2016.

：夏宇詩歌的媒介想像

秀威經典　　　語言文學類　PG2801　臺灣詩學論叢23

噪音：夏宇詩歌的媒介想像

作　　　者／張皓棠
論叢主編／李瑞騰
責任編輯／石書豪
圖文排版／黃莉珊
封面設計／陳香穎

出版策劃／秀威經典
發 行 人／宋政坤
法律顧問／毛國樑　律師
印製發行／秀威資訊科技股份有限公司
　　　　　114台北市內湖區瑞光路76巷65號1樓
　　　　　電話：+886-2-2796-3638　傳真：+886-2-2796-1377
　　　　　http://www.showwe.com.tw
劃撥帳號／19563868　戶名：秀威資訊科技股份有限公司
　　　　　讀者服務信箱：service@showwe.com.tw
展售門市／國家書店（松江門市）
　　　　　104台北市中山區松江路209號1樓
　　　　　電話：+886-2-2518-0207　傳真：+886-2-2518-0778
網路訂購／秀威網路書店：https://store.showwe.tw
　　　　　國家網路書店：https://www.govbooks.com.tw

2022年10月　BOD一版
定價：290元
版權所有　翻印必究
本書如有缺頁、破損或裝訂錯誤，請寄回更換

讀者回函卡

國家圖書館出版品預行編目

噪音 : 夏宇詩歌的媒介想像 / 張皓棠著. -- 一
版. -- 臺北市 : 秀威經典, 2022.10
　　　面 ;　　公分. -- (語言文學類 ; PG2801)(台
灣詩學論叢 ; 23)
　　BOD版
　　ISBN 978-626-95350-7-1(平裝)

　　1.CST: 新詩 2.CST: 詩評

863.21　　　　　　　　　　　111014509